お勝手のあん

柴田よしき

時代小説文庫

角川春樹事務所

目次

お勝手のあん

一　神奈川宿

吉次郎《きちじろう》は手ぬぐいで汗を拭《ぬぐ》って、ほう、と息を吐いた。ようやく神奈川宿《かながわ》まで戻って来た。品川《しながわ》まではあとひと息。

だが潰《つぶ》れた足のまめがどうにも始末に負えない。二年ぶりの長旅で、すっかりやわになっていた足の裏が情けないことになってしまった。

振り返れば西の空はもう、紅から紫へと変わりつつある。潮風も冷気を含み、夏が終わった神奈川の海は、溜《た》め息《いき》が出るほど美しく輝いて見えている。

こんなに近くで宿をとるのも少し癪《しゃく》だが、この神奈川宿にはまたいとこの平次《へいじ》が営んでいる宿屋があった。平次とはもう三年ほど会っていないし、この機会に顔を見ておくのもいいだろう。

急坂をのぼり、立ち並んだ宿屋や飯屋の幟《のぼり》の中から、平次の宿屋を探した。確か、すずめ屋《や》、だったかな。

どこぞの絵描《えか》きに宿代がわりに描かせたのか、なかなかに上手な雀《すずめ》の絵が幟にあったのですぐに判《わか》った。

「旦那《だんな》様、お泊まりでいらっしゃいますか。どうぞどうぞ、本日は静かな奥の座敷が空いてございます。海がよく見える部屋でございます。ささ、どうぞどうぞ」

もみ手をする婆《ばば》に案内されて土間に入り、足を洗うたらいが運ばれたところで吉次郎は言った。

「ご亭主の平次さんはいるかい。品川の吉次郎が来たと伝えておくれでないかい」

ほどなくして平次が姿を見せた。

「あれ、吉さん！　いやあ、しばらくぶりだねえ。今日はどうなすった、これからお伊勢《いせ》参りにでも行かれるのかい」

平次の冗談に吉次郎は笑った。品川宿で紅屋《くれないや》という宿屋を営む吉次郎がどれほど多忙か、平次はよく知っている。お伊勢参りなんて悠長なものには、向こう十年は行かれそうにもない。

「三河《みかわ》まで、お得意様のご葬儀に出かけた帰りだよ。長年ご贔屓《ひいき》にしていただいた廻《かい》船《せん》問屋のご隠居さんで、半年に一度は江戸に出て、ひと月余りも遊んで帰られる酔狂な方だった。品川がお好きでね、わたしのとこにも七日、十日と長逗留《ながとうりゅう》されては、贅《ぜい》沢《たく》におあしをつかってくださった」

「そりゃあ、いいお得意様を亡くして残念だったね」

「おととしあたりから病に臥《ふ》せって、それでも早く品川に行きたいと手紙をくださっていたんだが……まあ歳《とし》も歳、七十をいくつかまわっていたからね、仕方のないことだよ」

通された部屋は婆の言う通り、眺めの良い部屋だった。女中に足のまめの手当てをして貰《もら》い、旅装束を脱ぐとほっとした。

神奈川の海は、いつ見ても綺麗《きれい》だ。品川の海と同じ海の続きなのに、縁取る緑のあんばいが、こちらのほうがいいように思える。

すずめ屋は悪い宿ではなかった。けれど、紅屋のほうがすべてにおいて上だな、と、吉次郎は心の中で悦に入る。掃除ひとつとってみても、紅屋は徹底している。

紅屋に婿養子に入った当座は、自分はしょせん種馬なのだというひがみもあって、妻であるあさを愛《いと》しいと思ったことはなかった。辰巳《たつみ》の芸者にいれあげて品川にひと月近くも戻らなかったこともあったし、宿屋の仕事には関《かか》わらず、毎日ふらふらと遊び歩き、骨董《こっとう》道楽に溺《おぼ》れてあさに内緒で借金までこしらえたこともある。あの頃《ころ》は、本当にあさには悪いことをした。

紫から紺色へと移り変わる空に、一番星がきらめいている。

あさとの間にはとうとう子が出来なかった。七十年続く紅屋をたたむわけにはいかず、十年ほど前に養子を貰い、その養子、彦一《ひこいち》も今年で二十二。来年には許嫁《いいなずけ》と婚儀の運びになっていて、いよいよ自分も隠居の身が近づいて来た。

品川宿は江戸近郊でも随一の大きな宿場町、紅屋は広さでも繁盛ぶりでも、一番、というにはほど遠いこぢんまりとした宿である。だが老舗《しにせ》だけあって調度の品の良さや行き届いたもてなし、女中の気配りなどはたいそう評判が高く、客筋も自慢で、金にあかせて下品に遊ぶ客は来ない。何よりも、料理が絶品、と吉次郎も思っている。台所を預かるのは、江戸の老舗料亭、月花亭《げっかてい》で包丁を握っていた政一《まさいち》、江戸の料理人の中でも十指には入ると言われた男である。

元来が食い道楽の吉次郎は、すずめ屋での夕飯が少し楽しみである。いったいどんなものを食べさせてくれるのか。もちろん紅屋には足元にも及ばないに違いないが、神奈川の海の魚がどんなふうに料理されて出て来るのかには興味がある。

おお、そうだ。どれ、ちょっと台所を覗《のぞ》かせて貰おうか。

そっと階下に降りて、見当をつけて台所に向かう。宿屋の構造などはどの店でもそう大きく違うものではない。どれどれ、と廊下を歩いて行くと、出汁《だし》の香りが鼻に届いた。

夕餉《ゆうげ》の準備はもうあらかた終わっていると見えて、運ぶばかりになった膳《ぜん》が並んでいる。蓋《ふた》の開いた椀《わん》には揚げた大根のようなものが見えている。運ぶ直前に熱い出汁をかけるのだろう。今夜は泊まり客がそう多くはないらしい。膳の数がちと、寂しい。

ひょい、と台所を覗き込むと、なんと無人であった。たまたま何かの用で料理人が姿を消しているのだろう。これ幸い、と中に入り込み、食材が載せられた笊《ざる》を眺めた。大根は三浦《みうら》か。なかなかの上物だ。魚の産地はわからないが、目の前の海から活《い》きのいいものがいくらでもあがる。笊に載せられているのはコチ、そろそろ旬《しゅん》も終盤だが、まだ美味《うま》い。今夜の膳にもコチが載るのだろうか。吉次郎は思わずごくりと喉《のど》を鳴らす。コチの頭の、頬《ほお》あたりを洗いで、いや今日は少し冷えるから、いっそちり鍋《なべ》もいい。

おや。ふと目を移すと、ぞんざいに積まれたぼろ布の横に置かれた、醬油《しょうゆ》の樽《たる》が目に入った。なんと野田《のだ》の、亀甲萬《きっこうまん》とはおごったものだ。ふむむ、すずめ屋、なかなかあなどれず。食い道楽で妙に舌が肥えているのは、吉次郎の生家筋で平次の親元の本家でもある、依田《よだ》家の血かもしれない。

わっ！

吉次郎は腰を抜かすほど驚いて、尻餅《しりもち》をつきかけた。醤油の樽の横にある、ぼろ布の塊が動いたのだ。掃除か何かに使うぼろ布をまとめて置いてあるのだと思っていたのだが……なんと。

そこに座っていたのは、年の頃七つか八つ、膝小僧《ひざこぞう》を剝《む》き出しにした女童《めわらわ》である。

「お、おまえさんは……」

そばに寄ってみると、女童はさかんに目をこすっていた。どうやら眠っていたらしい。さては、家なし親なしの孤児《みなしご》か、浮浪人の子が、食べ物でも盗もうと入り込んだが、飢えと疲れで眠り込んでしまったのか。

「おまえさん、どこの子だい」

女童は顔を上げて吉次郎を見た。

どうにも、器量良しとは言い難い。不憫《ふびん》だが、将来人目を引く美人になるとは思えない。しかし利発そうな目をしている。しげしげと見ていると、なぜか可愛《かわい》らしくも思えて来る、不思議な顔だ。

「名前は。名はなんという」

「……やすと、もうします」

胸をつんと突かれたように、不意打ちをくらった。鈴を振るようなきれいな声だった。言葉遣いも、とりあえずは悪くない。

潰れ百姓の浮浪人の娘かと思ったが、もしかすると武家筋、困窮した浪人者の娘かもしれない。それにしてはひどい着物を着ているが。

「おやす、だね。おやす、おまえはそこでいったい、何をしていたのだ」

「ここで待っておれと言われたんで、待っていたら眠くなりました」

「誰《だれ》に待っていろと言われた」

「だ、旦那様です」

「この宿のかい？　平次のことかい。それとも息子の若旦那か」

「お名前は存じあげねえです。今日初めてお会いしました」

どことなくおかしな言葉遣いだが、やはり、ただの水呑《みずの》み百姓の娘ではなさそうだ。

と、その時、ぐうう、と音がした。おやすの腹の虫が鳴いたのだ。

吉次郎は笑って、菓子でもないかとあたりを見回した。他人様《ひとさま》の台所でも、どこに何がしまってあるかはおおよその見当がつく。と、木蓋をした大鍋に目がとまった。芋でも煮てあるなら、ちょいと失敬してこの子に食べさせてやりたい。子供が腹を空《す》かせているのは悲しいことだ。吉次郎は、自分に子が出来なかったせいで子供にどう接したらいいのかわからず、普段は子供に自分からかまうことはほとんどない。が、案外に子供が好きなのだ。

蓋をとってみると、鍋の中にあったのは栗《くり》だった。茹《ゆ》でたまま冷ましているのだろう、湯に浸《つ》かっている。

もう栗とは、気の早い。しかし今頃の栗なら山の栗、小粒だが甘味が強くて美味《おい》しいものである。

おや。

ちょいとしたいたずら心がむくむくと湧《わ》いて、吉次郎は鍋の中から二つの栗をつまみ出した。それを片方ずつの掌《てのひら》に包み、おやすのところに戻る。

「おやす、おまえさん栗は好きかい」

おやすはうなずいた。

「へい、好きでございます」

「なら栗をやろう。いいかい、わたしの右の手と左の手、それぞれに握っている栗を見せるから、どっちでも好きなほうを一つだけお取り」

吉次郎は掌を開いておやすに見せた。右の掌には大きな栗、左の掌には小さな栗。

「さあ遠慮はいらないよ。この栗の代金はわたしが平次にちゃんと払うから。どっちにするかい。どっちでもいいんだよ」

子供なら大きいほうを選ぶに違いない。意地悪をするつもりはなかった。間違ったほうを選んだら、さとして正しいほうを食べさせてあげよう。

おやすは栗をじっと見て、それから吉次郎の顔を見た。

「あの」

「なんだい」

「さ、さわってもようございますか」

「さわる？　栗をさわって選ぶのかい」

「に、匂《にお》いを……」

そう言うと、おやすは真っ赤に頬を染めてうつむいた。

「ご、ごめんなさい。なんでもないです」

「匂いを嗅《か》ぎたいのかい」

吉次郎は思わず笑った。これも子供らしい好奇心なのだろうか。

「好きにおし。二つとも匂いを嗅いで、それで選べばいい」

吉次郎はおやすに手をさし出させ、その掌に栗を二つとも載せてやった。

おやすは少し躊躇《ためら》っていたが、やがてそっと、栗を鼻の下に近づけた。ほんの瞬《まばた》きするほどの間、鼻をそれぞれの栗に寄せた。

それから栗を一つ選び、もう一つを吉次郎に向かってさし出した。

「そっちでいいのかい。遠慮することはないんだよ。そっちは小さい、大きいほうを選んでもいいんだよ」

「……遠慮はしてねえです。……こっちのほうが……甘いです」

吉次郎は、小さな栗を大事そうに握りしめているおやすの顔を、まじまじと見た。

「そっちの小さいほうが甘い、おまえにはそれがわかる、と言うのかい」

おやすはこくりとうなずいたが、叱《しか》られるとでも思ったのか、首を縮めた。

吉次郎はもっとおやすに質問を浴びせたいのを堪《こら》えた。それでなくてもこの子は怯《おび》えている。これ以上問い詰めたら、もう栗はいらないと言い出すだろう。

「そうかい。ならそっちをお食べなさい。いいんだよ、今食べて。腹の虫が鳴くほど腹がへっているんだろ。それだけじゃお腹《なか》は満足しないだろうが、ここはわたしの家じゃないんでね、あまりごそごそやって、勝手に頂戴《ちょうだい》するのも気がひける。まあもうじき夕餉の時刻だ、あとちょっと我慢したら、おまえさんの分も夕餉はあるだろうさ」

　おやすはそれでも、少しの間縮こまっていたが、やがておそるおそる顔を上げて吉次郎を見た。吉次郎が不器用に笑顔をつくってやると、安心したように栗を剝き始めた。茹で栗なので爪《つめ》をうまく使えば造作なく剝けるが、こんな幼い子がどうするかと見守っていると、案外に手先の器用な子で、うまいこと渋皮ごと皮を剝き、ひとくちでぱくりと食べた。

「甘いかい？」

　吉次郎が訊《き》くと、大きくうなずいてにっこりとする。おや、この子は笑うと、そこそこ可愛いじゃあないか。

「あれ吉さん、こんなとこで何をしてなさる」

　知った声に振り返ると、ぞろぞろと女中やら料理人やらを引き連れて、平次がやって来た。

「あんたこそ、どこに行っていたんだい。ぼちぼち夕餉の支度で忙しいだろう、どれ勉強に見物させて貰おうか、と覗いて見たら、台所がからっぽで驚いたよ」

　平次は、はは、と笑って頭をかいた。

「すみません、外の通りを異人の馬が通ったもので」

「みんなで見物に出たのかい。なんて野次馬なんだろうね、この宿の主《あるじ》と来たら」

「この頃、時たま異人の馬が通るので。横浜《よこはま》村からお大師様見物に向かうようで。あ、おまえ」

平次はようやくおやすに気づいた。

「おまえはこんなところで何をしているんだい」

「……ここで待てと……旦那様が……」

おやすはまた首を縮めた。

「あれ、そうだったか？　すまんすまん、おまえさんのことをすっかり忘れていた」

「平さん、この子はたいそう腹を空かせているようだよ。不憫なんで、その鍋にあった栗をやったが、悪かったかな？　栗代は払わせて貰うよ」

「何をばかなこと言ってなさるんです、吉さん」

平次はまた、はは、と笑った。

「栗の一つや二つでおあしなんかいただきません。わかりました、この子には何か食べさせましょう。おいおい、おまえさんたち、急がないと夕餉の支度が間に合いませんよ。さ、仕事、仕事」

平次がぱんぱんと手を叩《たた》く。吉次郎は、おやすの頭をぽんぽんと軽く叩いて、よかったな、もうすぐ飯だよ、と言って台所を出た。

❖

「コチはやはり美味いねえ。薄造りも包丁さばきが悪いと食べられたもんじゃないが、すずめ屋の包丁人はなかなかの腕だ。それとこの、兜《かぶと》の煮つけはもう文句のつけようがない。コチは頭がいちばん美味いというのがよくわかるよ」

吉次郎はコチの煮つけに舌鼓を打ち、平次が注《つ》いでくれる酒もいつもより少し過ごした。

「吉さんとこうして飲み食いするのも、久しぶりだ。同じ商売をしているのに、顔を合わせる機会が滅多にないねえ。吉さんは東海道《とうかいどう》をよく行き来していると聞いてるが、神奈川はいつも素通りで」

「はは、神奈川は品川に近過ぎる。行きはもうちょっと、程《ほど》ケ谷《や》宿あたりまで頑張ろうかと思うし、帰りはね、もうここまで来たんだからあとひと息、こんな近くで泊まってなんざいられない、と思うからさ。それはそうと、さっきの娘だが、あれはいったいなんなんだい」

「ああ、あの子ねえ。実はちょっと困ったことになっているんですよ」

「実はね、口入れ屋が男と女を間違えたんだ」

「はあ？」

「力仕事のできる小僧が欲しかったんだよ。九つか十くらいの丈夫な小僧を、と頼んであったんだが、どこでどう間違ったのか、連れて来られたのがあの子だった。うちの宿は風呂《ふろ》がない、近くの湯屋に行って貰うしかない。かと言ってうちは飯盛旅籠《めしもりはたご》じゃありませんからね、客を湯浴《ゆあ》みさせる湯女《ゆな》は置けません。それでね、いっそ内湯をこしらえてしまおうかと思ったんだ」

「内湯をかい！　それはまあ贅沢だが、内湯があればこのすずめ屋は大繁盛間違いなしだ」

「金の算段はなんとかついたが、内湯を持つとなると人手が足りない。毎日湯船を洗って、水を張って、薪《まき》をくべてと、専念する者を雇わないと。それで小僧が欲しかったんだ。はじめは慣れた者を雇って、小僧をつけて見習いにさせて、やがてはその小僧を内湯番に育てられたら、と考えて」

「なるほど、確かに小僧のうちから仕込んでおけば、長くこの宿の力になってくれるだろうね」

「ほう？」

「それがどこでどう間違ったのか。旅籠で雇う子供と聞いて、口入れ屋が勝手に女の子と勘違いしたようなんだ」

「それでやって来たのがあの、おやすだったのか……」

「たまたまわたしも女房のおさんも用事で出ていた時に口入れ屋が連れて来たようで、息子夫婦が応対したんだが、小僧とは別に女の子も頼んでいたんだと思ったようで、そのまま引き受けてしまった。しかし女衆頭のおときは、人手は足りている、これから紅葉の季節で客が増える時に、子供を仕込むのは足手まといで面倒だといい顔をしない。仕方がないんで、明日にでもわたしが口入れ屋まで連れて行って返して来ようと思っているんです」

　吉次郎は腕組みをした。

「返してって、返されても口入れ屋は困るだろう。もうあの子の親には金を払ってしまっただろうし」

「まあそうだろうけど、仕方ありませんよ。口入れ屋も商売だから、損が出るようなことにはしないでしょう。それにこの神奈川宿にも飯盛旅籠はたくさんあるから、そういうとこでは女の子も役に立つかもしれない」

「いくらなんでも、まだ七つかせいぜい八つ、飯盛女にはできないよ」

「あと七、八年もすれば客がとれるようになる、それまでは下働きでもさせておけば」

口ではそう言いつつも、平次は苦虫を嚙《か》み潰したような顔である。飯盛女は女郎と変わらない。親に売られた身とはいえ、あのおやすの将来が見えたようで、さすがに心が痛むのだろう。

吉次郎はぬるくなった酒を喉に流し込み、また腕を組んで考えた。

「平さん、明日、その口入れ屋さんに、おやすの身元について問い合わせては貰えないかい」

「身元の問い合わせ？　それは造作ないが、いったい」

「あの子をわたしが引き受けようかと思うんだ」

「引き受けるって……おやすを品川に連れて行くってことかい！」

「だめかしら」

「いや、だめどころかそうして貰えたら、なんて言うか、助かりますよ。しかしあんな子供が何かの役に立ちますかい」

吉次郎は、ふふ、と笑った。

「……さあどうだろう。ただ、もしかするとあのおやすには、ちょっとした才があるんじゃないか、と思っててね。さっきあの子に栗をやったのは、平さんも知ってるでしょう」

　吉次郎は膳の上の小鉢に箸《はし》をつけた。茹栗と青菜の白あえ、季節を先取りした粋《いき》なひと品である。

「あの子は、栗の良し悪《あ》しを見抜いたんだよ。片方は大きくて形もいいが、落ちているのを拾った栗で、少し古い。茹でても栗の皮が余って、へこんで見えた。もう片方はとても小さいが、ちゃんとゆすって落とした栗で、身がしっかりと詰まってころっと膨れていた。ちょっといたずら心が起こってね、二つの栗のうち、好きなほうを一つ食べていいとおやすに言ったんだ。子供だから大きいほうをとるに違いないと思ってね。それで大きいほうを食べ終えてから小さいほうも食べさせて、どっちが美味かったかい、と訊いてやるつもりだった。この先生きていく上で、目先の欲で粗悪なものに飛びついて損をしないよう、ちょっと説教風でも吹かせてみようかと、ね。ところがおやすは、小さいほうを選んだ」

「それは遠慮をしたんだろう」

「いやいや、小さいほうが甘いから、とちゃんと言ったよ。しかも面白いことに、あの子は栗の形やへこみに気づいたわけじゃなく、犬がするみたいに鼻で栗の匂いを嗅いで、小さいほうが甘い、と答えたのさ」

「鼻で……茹でた栗の匂いなんか、みんな同じじゃないか」

「わたしもそう思っていたが、どうやら、鼻の利く者には違いがわかるようだよ。まあ、たまたままぐれで当たっただけかもしれないが」

平次は笑って首を横に振った。

「それはまぐれ、まぐれです。子供が適当なことを言っただけだ」

「そうだろうね、たぶん。しかしわたしは、あの子はなかなか利発だと思う。器量のほうは、成長しても品川小町にはなれそうにないが、にこっとすればそれなりに愛《あい》嬌《きょう》もある。うちの紅屋は、女の一人客でも安心して泊まれるというのが売りの一つで、女衆は何人いても余るということはないし、平さんさえ良かったら、おやすはうちで使わせて貰いたい。口入れ屋に平さんが払った金は、わたしが平さんに払いますよ」

「吉さん、本気なんですね？」

「いちおう、女房や息子を納得させるのに、身元だけは知っておきたい。まあ素性がどうあれ、子供に罪はない、難のある素性だったらそれはそれ、わたしの胸に納めておくから心配はいりません」

「わかりました」

平次はうなずいた。

「おやすは明日、吉さんが品川に連れてってください。身元のほうはちゃんと調べて、あとで手紙に書きましょう」

吉次郎は平次に礼を言った。

こうして、やすは品川の紅屋に引き取られることになったのである。

二　お勝手のやす

やすの一日は、まだいくらか薄暗い、七つ半（午前五時頃）に始まる。

最初の仕事は井戸からの水汲《みずく》みで、そのついでに冷たい水で目やにをこすり落とし、眠気を洗い流す。幸い、紅屋は敷地の中に井戸があるので運ぶ距離もたかがしれ、勝手口から井戸までの間には細長く屋根が渡してあって、雨降りの日でも汲んだ水に雨が混ざる心配もない。その井戸の水は品川でも名の知れた銘水で、茶の湯に使いたいとわざわざ汲みに来る者もいるほどだ。良い水は美味い料理の基《もと》。水汲み仕事はおまえのいちばん大事な仕事だよ、と大旦那様から言い渡されて、やすは毎朝、その力仕事を懸命にこなしている。

やすが品川に来て、この夏が終わると丸六年。今年で十四になったやすは、そろそろ胸もふくらみかけ、からだつきもふっくらと丸みを帯びている。少し前までやすをこき使っていた意地の悪い女中から、そろそろやすも女気が出て来たから、お女郎に売られるよ、とおどされて以来、いつその日が来るのか、いつこの紅屋を出されて女郎になるのかと、不安で悲しくて毎晩めそめそとしていたのだが、聞き咎《とが》めた女中頭がこっぴどく叱ってくれて、嘘《うそ》でした、と謝られた時は、嬉《うれ》しさのあまり声を出して泣いた。そして大旦那様がやすに言ってくださったのだ。

おやすは生涯《しょうがい》、紅屋にいていいのだよ。もちろん良い縁があればこの紅屋からちゃんと嫁にも出してやろう。それまでは安心して、ここで真面目《まじめ》に働きなさい。


意地悪な先輩女中は昨年故郷に帰って行った。年季が明け、貯えも少しできたから、田舎の親の元から嫁に出ると、嬉しそうに言った。

やすにも、年季、というものはあるらしい。大旦那様は神奈川宿からやすを連れて戻る時、すずめ屋の平次さんに金を払っている。その金をやすの給金で割った長さが、やすの年季だ。けれど、給金が出るのは十六になって一人前の女中と認められてから。

それまでは下働きの女中見習い、給金などは貰えない。けれどやすは、一生無給で年季など明けなくてもいい、と思う。どうせ帰る故郷も家もない。

　紅屋での仕事は決して楽なものではないけれど、とにもかくにも、朝夕のご飯はお腹いっぱい食べられる。八つの時に親に売られたやすだったが、紅屋に来る前の記憶と言えばひもじさばかりだ。いつもお腹が空いていて、寒くて暑くて、父親の拳固《げんこ》が痛かった。それが今では、白い米で炊いた飯が食べられるのだ。大旦那様の考えで、紅屋では女中も下男も下働きも、みんな、家人や番頭、上級の雇われ人らと同じ白飯《しろめし》を食べていいことになっている。おかずの種類こそ家人の方々やお客の膳と比べたら少ないが、白くふっくらとしたご飯など、やすのような下女には過ぎた贅沢である。それを毎日いただける。飯椀に山盛りにしても叱られない。お櫃《ひつ》に残っていればお代わりもさせて貰える。目にも白いあの、ほかほかとしたご飯のことを考えただけで、どんなに辛《つら》い仕事でも張りきって頑張れる。

　水汲みが終わると台所の掃除だ。前の晩に掃除はしてあるけれど、お客に出す食べ物を作る場所なのだから清潔第一、掃除は朝、朝餉の片づけのあと、夕餉の片づけのあとと日に三度、徹底して行われる。そのうち、朝の掃除はやすひとりの仕事。

掃除が終わる頃になると、勝手女中たちが顔を出す。台所で働く女中は二人、年上のおさきさんは通いで、ご亭主は漁師だ。もう一人は住み込みのおまきさん。以前いた意地の悪い先輩と違って、とても優しい。ぼちぼち二十歳《はたち》になる。おさきさんは米を研ぎ、竈《かまど》に火をおこす。竈は台所の肝心要《かんじんかなめ》、やすはまだ、おさきさんの監視なしでは火おこしをさせて貰えない。おさきさんは飯を炊く名人で、紅屋の飯は美味い、と評判である。お米の管理も仕入れもおさきさんの仕事。米の仕入れまで女中に任せているところなど、おそらく他にはないだろう。おさきさんは遠州《えんしゅう》の出で、実家は百姓だが、その村ではお殿様に献上されるほどの米を作っているらしい。その故郷から特別な米を仕入れている。世間では米の良し悪しなど新しいか古いかだけと言われているが、おさきさんの話では、米はとれるところによって味がすべて違うらしい。

大旦那様が遠州まで米の買い付けにいらしてね、そこで選び出したのがうちの村の米さね。その米の味がわかるあたしのことを、わざわざ名指しで女中奉公にと望まれたのさ。

それがおさきさんの自慢だ。十七で紅屋に来て、五年働いたところで縁談までととのえて貰い、子供ができるまではとそのまま通いで働いた。二人子を産んで、上の女の子が十三になった時にまた紅屋で働き始めた。そろそろ上の子も十七、嫁入り先を探してやらないと、がおさきさんの口癖。下の子も今年から父親について船に乗っているという。

おまきさんは野菜の下ごしらえが主な仕事で、掃除が終わるとやすもそれを手伝う。夕餉の分の野菜は昼前に届くので、朝は昨夕の残り野菜を工夫する。料理に使わなかった野菜の皮、半端に残った切れ端でも、おまきさんの手にかかると立派な朝餉のおかずになる。今朝は、余った野菜を干したもので、なますを作るらしい。

朝餉の献立は、炊き立ての白いご飯、干し野菜のなます、豆腐の味噌汁《みそしる》、目の前の海で獲《と》れた小イワシの半干しをあぶったもの。朝餉に漬物以外のおかずが付くのは、品川の宿でもそうはないだろう。お大尽が芸者をあげて遊ぶ為《ため》に泊まるような料亭旅籠ならいざ知らず、紅屋は旅人の宿、女一人旅でも安心してお泊まりいただけます、というのが売り文句の平旅籠《ひらはたご》である。それでいながら朝からちょっとしたご馳走《ちそう》が出るのだから、朝餉目当てに贔屓にしてくださる常連客がいるのは当たり前。

味噌汁の出汁とりと魚を焼く作業は、台所の主である、料理人の政一さんの領分である。女衆が勝手に手を出したりしたら、政さんに怒鳴られる。

「ちょっと、また小僧は寝坊かい」

おさきさんが腰に手をあてて眉《まゆ》を吊《つ》り上げた。

「そろそろ七輪に火をおこしとかないと、イワシを焼くのが間に合わなくなるじゃないか」

政さんの下働きに今年の春から紅屋にやって来た小僧の勘平《かんぺい》は、十二。やすとほとんど違わないのだが、やはり男の子は幼い。小僧の仕事は最後に台所の隅々まで掃除するまで終わらないから、住み込んでいる母屋の屋根裏にあがってせんべい布団に潜り込むのは夜中になる。朝の早起きが辛いのは、やすにもよくわかる。からだが馴《な》れてしまえば自然と目が覚めるようになるのだが。

「ああもう、じれったい。炭をおこすくらいのことは、代わりにやってもいいことにしてくれないかねえ、政さんも」

「政さんは勘平を一からきちっと仕込みたいのよ」

おまきさんがとりなした。

「炭を扱えるようになるのも料理人の基本の一つだからねえ」

やすは勘平が少し羨《うらや》ましい。政さんは女だからと無下にはせず、おさきさんの飯炊きの技や米を見極める目、おまきさんの野菜を扱う才などはちゃんと認め、仕事を任せている。が、やすにはまだ、これといって責任のある仕事はさせてくれない。何かにつけて、おやす、おやすと呼びつけ、細々とした仕事を言いつけ、時には煮炊きの手伝いもさせてはくれるが、勘平のように、炭はおまえさんの仕事だ、と丸々任せてくれはしない。

目やにのついた目をこすりながら、寝坊したことで涙目の勘平が現れた。おさきさんに叱られて、まずは井戸へと追いやられる。顔を洗って戻って来ると、大慌てで七輪を用意する。イワシを焼き始めるまでに五つの七輪にきちんと火をおこしておかないと、政さんの拳骨《げんこつ》を貰ってしまう。勝手口の外に並べた七輪の前にしゃがみこみ、勘平は団扇《うちわ》をバタバタさせて必死である。

「おまちどおさまでしたぁ」

豆腐屋がやっと現れた。朝餉と夕餉、どちらにも豆腐を使う。豆腐は大旦那様の好物だ。

「遅い、遅い。豆腐は落ち着けるのに時がかかるんだから、もう少し早く持って来ておくれ」

おさきさんが言いながら、手桶《ておけ》の水に豆腐を受けた。豆腐という食べ物は旅を嫌うらしい。運んで来たものをすぐに使うと味が落ちるのだそうだ。本当なのかどうか、やすは一度確かめてみたいと思っているのだが、豆腐屋が運んで来た豆腐は、おさきさんの手によって井戸の水に浸《ひた》されて、そっと台所の涼しいところで出番を待つことになるので、お客の朝餉が終わって女中衆の番となり、やすの口に入る時にはすっかり落ち着いた美味しい豆腐になっている。つまみぐいでもしない限りは、旅を終えたばかりの落ち着かない豆腐、を口にできそうにない。

豆腐の到着とほぼ同時に、若旦那様と政さん、それに若旦那様の奥方でこの紅屋の若女将《わかおかみ》、おゆうさんが現れた。

「皆さん、おはようさんです」

若旦那様がいつもの明るい声を張り上げる。

「お勝手の皆さんのおかげで、この紅屋、料理の美味い宿として品川でも名が知られるようになって来ました。本日は、ご出立様が四組、十名様になりますが、美味しい朝餉を召し上がっていただいて、満足してお立ちいただけますよう、いつものようによろしくお願いいたします。それと、本日のお越しは三組七名様をすでにご予約いただいております、呼び込みでお越しいただくお客様も何組かおられると思いますので、夕刻は忙しくなるかと思います。気張ってお願いいたします」

「お願いいたします」

若女将も凛《りん》とした涼しい声で頭を下げた。台所の者は頭を下げたままでご挨拶《あいさつ》を聞いている。これが紅屋の朝の行事である。台所に来る前に、若旦那様と若女将とは、部屋付きの女中衆や裏方の男衆にも挨拶してまわっている。主が威張り散らすお店《たな》はいずれ傾く、働いてくれる者たちあっての商売繁盛、が、大旦那様の信条なのだ。

この朝の挨拶を耳にするたびに、大旦那様に拾われてこの紅屋に入ることが出来た自分の幸運を、やすは噛みしめていた。

❖

「おやす、ちょっと来ておくれ」

茶碗《ちゃわん》や皿を洗い終えて、濡《ぬ》れた手をぬぐっていた時、やすは部屋付きの女中頭、おしげさんに呼ばれた。

「へい」

やすはおしげさんがちょっと苦手である。意地悪というのではないのだが、あまり笑顔を見たことがなく、やすと話す時はひときわ、ぶっきらぼうな声を出す。自分のことが嫌いなのか、とも思うのだが、だからと言って何かひどいことをされた、ということもない。歳の頃はおそらく、亡くなったやすの母親より少し上くらいだろう。やすの母親は十九でやすを生んだと聞かされているが、もうやすは、その顔すら思い出せない。

紅屋の部屋付き女中は、お客の食事の時でもつききりで世話をやいたりはしない。紅屋のような平旅籠は飯盛女を置いていないのだが、食事の世話を女中にされると勘違いする客もいるので、そうした世話はやかず、料理とお櫃を並べたら、あとはお客が食事を終えるまで顔を出さないことにしたらしい。そのほうが、一人旅の女客にも評判がいい。その代わり、お客の食事の進み具合、頃合いをきちんと見計らって、お膳を下げたりお茶を出したりするのがなかなか難しいらしく、それを仕切っているのがおしげさんである。

女中たちが休憩をとる小部屋で、おしげさんの真ん前に座らされ、やすは緊張して縮み上がっていた。

「今朝、お立ちになった、三河からいらしたご夫婦のことだけど。おまえ、今朝はあのご夫婦のところにお膳を運んだね？」

「へ、へい」

「おやす、おまえはお勝手の女中見習いだよ、それがなんだって部屋付き女中の仕事をしたんだい」

「へい、あの、その……お、おたみさんが……」

「おたみがそうしろって言ったのかい」

やすは小さくうなずいた。おしげさんが怖くて顔が上げられない。

「おたみはあのご夫婦の部屋付きだ。それが今朝はお膳をおまえに運ばせた。おたみはおまえに仕事を押し付けて、いったいどこで何をしていたんだろうね」

やすは答えずにいっそう深くうなだれた。この口振りからすれば、おしげさんはすべてを知っている。

おたみさんには最近、思い人が出来た。品川宿脇本陣百足屋《わきほんじんむかでや》で下足番をしている、正五郎《しょうごろう》さんである。下足番とはいってもそこは脇本陣、多い時には一度に百人からのお客が出入りするのだから、履物の整理は大変な仕事らしい。ただ履物を揃《そろ》えるだけではなく、客の顔も瞬時におぼえて、お帰りの時に間違った履物を出さないようにしなくてはならない。あたまも良く気の利いた者でないと務まらない。おたみさんは、正五郎さんのあたまが良いこと、よく気が利くことなどをとうとうとやすに語り聞かせ、のろけていた。そして今朝は、その正五郎さんが何かの遣いで紅屋の近所にやって来ていて、その顔が一目見たいからと、朝餉の膳を運ぶ仕事をやすに押し付けたのである。もっとも、やすはやすで、とある事情からそれを喜んだのであったが。

「まあいいさ。おたみが自分の仕事をおまえに押し付けた理由は、おたみから直《じか》に聞くことにしよう。それよりも、そのご夫婦、三河の商人さんだとお聞きしたが、そのご新造さんから、おまえにこれを言付かった。おまえに大変世話になった、心遣いが嬉しかったので、これをお礼におまえにあげてほしい、と言われてね」

おしげさんが、やすの膝の前に何かを置いた。懐紙にくるんである。菓子か何かだろうか。

「いいから、開けてごらん」

やすがそっと懐紙の包みを開いた。

はっ、と息を呑む。

それは、朱漆《しゅうるし》の見事な櫛《くし》であった。

つやつやとした漆の風合いが、まるで光り輝いてでもいるようにやすの目をくらませる。こんなに美しい櫛を見るのは初めてだった。

「綺麗だねえ。これは相当にいいものだよ。あたしもびっくりしてね、こんな高価なものを下働きの下女にくださるなんていけません、とお断りしたんだけど、どうしても、と言われてね。旅の途中で目について買ってしまったものだけれど、この朱色はさすがに人妻の身では気がひけて使えない、あのお若い女中さんにならきっと似合うから、ってさ。親切にして貰ったお礼だっておっしゃったんだけど、おまえ、いったい何をしたんだい」

　やすはどう説明したらいいのかわからず、下を向いたままでいた。おしげさんが少し優しい口調で言った。

「そんなにびくつかないでもいいよ。あたしは怒ってるんじゃないんだから。こうして礼をくだすったんだから、おまえはきっといいことをしたんだろ。ただね、たかだか下働きのおまえみたいな子に、こんないいものをくだすったなんて、そりゃ驚くよ。だから知りたいんだよ、おまえがあのご新造さんに何をしてさしあげたのか」

「へい。……冷たいご飯をお持ちしました」

「……冷たいご飯？　おまえまさか、あのご新造さんに朝から冷や飯を出したって言うんじゃないだろうね！」

　やすはこくこくとうなずいてから、おしげさんに怒鳴られるのを覚悟して身を硬くした。

「この紅屋が朝餉に冷や飯を出したなんて世間に知れたら笑いものだよ。なんだってそんなことをしたんだい！」

「……ややこが」

「ややこ？」

「奥さまのお腹にはややこがおりなすって……それで奥さまは、炊き立てのご飯の匂いが辛いと……」

「あれま」

おしげさんは絶句し、それから、腕組みした。

「……そう言えば、そんな話は聞いたことがある。あたしはひとり身ではらんだこともないからわからないけど、つわりとかいうものがあって、ものが食べられなくなったり、いろんな匂いが鼻について反吐《へど》が出ちまうらしいね。あのご新造さんは、炊き立てのご飯の匂いが駄目だったのかい。炊き立てのご飯の匂いなんて、この世でいちばんいい匂いだよ。なんだか贅沢だか気の毒だかわからない、変なもんだね、つわりとは。それでご新造さんから冷や飯が欲しいと頼まれたのかい。でもよくあったね、冷ご飯」

「……頼まれたわけではねえです。ゆうべのうちにとりおいて、今朝ははなからそれをお出しするつもりでした」

「なんだって？　ご新造さんに頼まれる前に、おまえが冷や飯を用意していたのかい」

「ゆんべ、奥さまは夕餉もほとんど残されまして……厠《かわや》でげえげえ、が聞こえました。それでおさきさんが、あれはつわりだ、お腹にややこがいると鼻がおかしくなって、匂いの強い食べ物が気持ち悪いんだよ、と。漬物だとかあったかいご飯の匂いなんかも辛いことがある、と教えてくれました。それで……冷たいご飯なら匂いがしないのでいいかもしれないと……」

紅屋では、客に出す夕餉の為にもわざわざ飯を炊く。普通、飯は朝一度炊いて、それを昼、夜と食べるものだが、飯は断然炊き立てが美味いのだからと大旦那様が命じて、客に出す分は夕方にも炊くことになっている。そのせいでお腹にややこがいた三河のご新造さんは、夕餉にも手がつけられず吐いてしまった。やすはそれを気の毒に思い、朝餉には冷や飯を出してあげよう、と、一人分だけ冷や飯をとりおいた。しかしそのことをどうやって、部屋付きの女中さんに説明したらいいのかと悩んでいると、おたみさんのほうから朝餉の膳を自分の代わりに運んでくれと言われ、渡りに船で膳を運んでさしあげたのだ。

「けどね、ただ冷や飯を出しただけで、あんなに感激して貰えるものかねえ。おまえ、他にも何かしなかったかい？」

「梅漬けを……」

「梅漬け？」

「……ゆんべの奥さまの膳で、梅漬けだけは箸をおつけになっておられたんです。種だけ小皿に残ってました。ああ、梅漬けは食べられるんだな、とわかりましたので、今朝は梅漬けを細かく刻んで冷や飯に混ぜて、小さく、ひとくちの俵に握り、それをお持ちしました。もしかすると、箸を口に入れるのもお辛いのかもしれないと……」

「それをおまえは、勝手にやったのかい」

「……おさきさんに、そうしてもいいですかと訊きました」

「おさきがゆるしたのかい。……ふん、それじゃ仕方ないね。お勝手のことはおさきが仕切ってるんだから。けどそれなら、なんでご新造さんはおまえの手柄だと知ってなさったんだい？　おまえまさか、自慢げに自分が考えたことですって言いふらしたんじゃ」

「そ、そんなことはしてません」

やすは泣きそうになって首を横に振った。

「奥さまとは何も話してません。おはようございます、とお膳をお出ししてすぐに戻りました」

「それなら、俺が話したんだ」

襖《ふすま》が開いて、政さんが現れた。

「すまなかったな、おしげさん。部屋のことはなんでもあんたに相談すべきだった。今朝、おさきから、おやすがこんなこと思いついたんだけどどうだろうね、と相談されてね、そういやうちの女房もつわりの時に、あったけえ飯が食えなくて参ったことがあったなと思い出したんだ。梅漬けを刻んで冷や飯に混ぜ、それを小さくひとくち大に握って出す、それはなかなかいいじゃないかと思って承知した。三河のご夫婦がお立ちになる前に台所に寄られて、ご親切にありがとうございましたと礼を言われたから、いやいやあれは下働きの子が考えたことです、と答えたんだ」

政さんは、おしげさんの横にどっかと座り込んだ。

「おたみが自分の仕事をおやすに押し付けたことは知らなかったが、まあそんなわけだから、おやすは悪くないよ」

「政さん、それは違いますよ」

おしげさんはぴしりと言った。

「おたみに仕事を代われと言われた時に、ちゃんとそれをおさきかあたしに言うべきでした」

「告げ口はしたくなかったんだろう」

「告げ口をしないといけないんです。告げ口をして、あとでおたみに憎まれたり折檻《せっかん》されたりしたとしても、そうするのが奉公人のつとめです。自分の身可愛さに悪いことに荷担する、それに慣れてしまったら、しまいには自分から悪いことを考えるようになる。そういうもんです」

やすは顔を上げておしげさんを見た。おしげさんの言う通りだ、と思った。あの時、おたみさんに言われてほいほいと引き受けてしまったのは、梅漬けを刻んだ冷や飯を自分で運びたかったからなのだ。自分の手柄だと言うことはできなくても、考えついた自分がえらいと思っていたから、自分で運びたかった。

それは卑しいことだった。

やすは自分を恥じ、首まで赤く染めた。

三　下魚の味

「いつまでもめそめそ、してんじゃねえよ」

政さんが大きな手で、やすの頭をがしがしと撫《な》でた。台所に戻って、夕餉の出汁とりが始まっている。

「おしげはああ言ったが、まあ、年上のおたみに頼まれてそこで嫌ですとは、なかなか言えるもんじゃねえよな。なんにしても三河のご新造さんがそこまで喜んでくだすったんだ、おめえの手柄だよ。それより、刻んだ梅漬けを飯に混ぜ込むのはいい考えかもしれねえな。青紫蘇《あおじそ》のある季節なら、細く糸みたいに刻んだ青紫蘇をのっけても、すがすがしくっていい。夏の始まりの頃はからだが暑さに慣れなくって、飯が食えなくなる客がけっこう多い。そういう客に梅ご飯を出す。うんうん、これは帳面につけておこう」

政さんは少しなら字が書ける。料理や献立のことで思いついたことを帳面に書きつけ、絵を添える。政さんの字よりは絵のほうがずっと上等だ。

「飯に梅漬けを混ぜて出すのはそう珍しい料理じゃないが、旅籠で出す飯が、白い飯と刻み梅漬けの冷たい握り飯、どっちでも好きなほうを選べるならちょっと新しいだろ。きっと評判になる。客のからだの具合に合わせて飯が選べる、長旅で疲れた客にはそれだけでも有り難いはずだ。そもそも、江戸にのぼる途中で品川に泊まるってのは、あともうちょっとでお江戸なのに頑張れない、その気力も力もなくなった、ってことだからな」

もちろんそれだけではない。品川宿は東海道の宿場の中でも、その華やかさでつとに知られている。芸者衆を呼んで豪勢に飲み明かすことを楽しみに、わざわざ江戸市中から品川まで泊まりに来る客も多い。逆にこれからお江戸に入ろうという旅人も、どうせなら長旅の最後くらいは少し贅沢をして品川宿に、と思うだろう。紅屋には芸者衆を呼ぶような客は来ないが、それでも、明日はお江戸だ、今夜は豪勢に、と、肴《さかな》代をはずんで上等な料理と酒を望む客は多い。

だからこそ、逆にからだの具合を悪くしている旅人にも気を配る、それは大事なことだとやすは思う。

「ほら、おやす。今夜はちょっと面白い出汁を使うぞ。味を試してごらん」

やすは、政さんが小皿に少しとってくれた出汁を鼻の下に持って行った。味をみる前に必ず匂いを確かめるのはやすの癖だ。

「……昆布、です」

やすは言った。確かに昆布の匂いがする。昆布出汁は江戸界隈《かいわい》の料理にはあまり使われない。上方では昆布で出汁をとるのが普通だというのは聞いたことがあるけれど、江戸に入って来る昆布に上物はなかなかない。北前船《きたまえぶね》が蝦夷《えぞ》からぐるっと上方にまわり、先に昆布の商いをしてしまうので、上物はすべて上方の商人に買い取られてしまうからだ。だがそこは紅屋、大旦那様が上方の知人に話をつけて、わずかではあるが上物の昆布もまわして貰っている。だが政さんは昆布出汁の扱いは苦手だと言う。上方の料理人から直々に教わったやり方でも、思ったような出汁がとれない、と。

「俺は考えた。なんで教わった通りにやっているのに、美味い出汁がとれないんだ、となこ。水に一晩浸して、それから火にかける。グラッと来る直前に昆布をひきあげる。水に浸しただけでもいい出汁になるが、すっきりし過ぎて物足りない、濃いめの味付けにしたい時に火にかけるんだ。昆布はちゃんと、固く絞った布でそっと拭《ふ》いてるし、火にかけてからはつきっきりで、決して煮立たせない。言われたことはきちんと守ってやっているのに、どうも満足が出来なかった。その理由がやっとわかった。さ、舐《な》めてごらん」

小皿の出汁に舌の先をそっと浸す。舌の先のほうは甘味を良く感じるのだそうで、旨味《うまみ》のもとは甘味だから、まずは舌先で甘味をみろ、というのも政さんの教えだ。

ふわり、とした、昆布の柔らかな旨味。しかも磯臭さがなく、華やかでいて軽い。

美味しい。

思わず笑顔になったやすを見て、政さんは満足そうにうなずいた。

「やっぱりおまえにはわかるんだな。どうだい、この出汁はいいだろう。上方で教わったのと同じ味だ」

政さんは二夏前に、大旦那様のおともをして上方に出かけた。上方の料理の味を自分の舌で味わって、料理の仕方や作法も勉強することが目的だった。大旦那様の知りあいがやってなさる大きな料亭の台所に入れて貰い、上方の料理人から直々に昆布出汁のひき方も教わった。

「答えは、水にあった」

「お水、ですか」

「そうだ、水だ。紅屋の井戸水は、品川宿の井戸の中では珍しく、海の潮気を感じない、いい水だ。けれどそれでも、上方の水とは性質《たち》が違った。上方の水は軟らかい。昆布の出汁は、軟らかい水でひかないと充分には出ないんだ。かと言って時間をかけて煮出すと磯臭くなる。以前に豆腐屋から、豆腐もできるだけ軟らかい水で作るほうが美味いと聞いたことがある。紅屋の井戸水は、その豆腐屋でもこれならいいと言ってくれたほど軟らかい」

「それなら昆布出汁も」

「いやいや、上方の水はもっと軟らかいんだ。これぱっかりはしようがない、水は土の中を通って性質《たち》を変える。こちらとあちらとでは、土そのものが違うんだ。それでも、大旦那様が江戸の茶の湯のお師匠さんに相談してくだすって、江戸でいちばん茶の湯に向いているという、白木屋《しろきや》さんの井戸の水をわけていただいた。それでひいた昆布出汁がこれだ」

「白木屋さんのお水！」

「たいそうなもんだろう。だがそれだけの価値はある。この昆布出汁なら、京や大坂の料亭で出すような吸い物だって作れるさ。けど、これは客には出せない」

「なんでですか？　こんなに美味しいのに」

「どんなに美味しくったって、こんな水をいちいち取り寄せていたんでは宿の儲《もう》けがなくなっちまう」

政さんは、情けなさそうに笑った。

「これは俺の意地というか、どうしても確かめてみたかったんで大旦那様に無理を聞いていただいたもんで、道楽みたいなもんだ。これはこれ、ちゃんと俺にも昆布出汁がひける、とわかったんだからもういいいんだ。それよりも、肝心なのはこっちだ」

政さんが、昆布出汁の入った鍋の横に置かれた鍋の蓋を取った。ほわっと漂う出汁の香り。

「……あわせ出汁」

やすが呟《つぶや》くと、政さんがまたやすの頭をがしがしと撫でる。

「蓋取った匂いだけでわかるのかい。さすが、おやすだ。大旦那様が類《たぐ》い稀《まれ》な鼻の持ち主だからと神奈川宿から連れ帰っただけのことはある」

政さんはその鍋の出汁も小皿にとってやすに手渡した。

「それならこれも味見してみな。昆布と鰹節《かつおぶし》のあわせ出汁だってとこまでは見抜かれたが、さてさすがのおやすでも、この味の秘密がわかるかな?」

やすはまた、舌先をそっと出汁に浸す。さっきの昆布出汁に比べるとはっきりと濃い味だ。けれど品のよい昆布の風味はちゃんと出ている。その昆布の旨味に絡みつくようにして、魚の旨味が立って来る。上方流の昆布出汁と、江戸の鰹出汁、それをあわせていいとこどりをしたのが、あわせ出汁。最近の流行《はやり》であわせ出汁を使う料理屋が増えているので、紅屋でもたまに、季節の山菜の煮物などには使うようになった。

でも、秘密とは何のことだろう。昆布と鰹節、他にいったい何が使われていると言うのか。

おや。

出汁を唇から少しふくんだところで、やすは首を傾《かし》げた。舌先だけで甘味を探った時には感じなかったが、口中や舌の横、奥などが味を拾い始めると、何やら様子が違う。いつものあわせ出汁よりも味の芯《しん》が細い気がした。鰹節が出張って来ない。そうだ、酸味。鰹節の出汁ならばかならず感じる、ごくかすかな酸っぱさが弱い。あの酸味は鰹出汁の面白さで、醤油や味醂《みりん》とこっくり煮付けた時に活きて来る。

けれどこの出汁はそれが弱い分、全体にバランスがいい。昆布とのあわさり具合も、いつものあわせ出汁よりも整っている感じがする。そう、品だ。品が良い。

やすは政さんの顔を見た。違う、ということはわかる。わかるけれど、なぜその違いが出たのかはまるでわからない。ただ……

「……鰹節が、いつもと違いますか」

あてずっぽうに言ってみた。

政さんが、驚いた顔になった。

「おやす、おまえ、メジ節を知ってんのか？」

「メジ節？　いいえ、知らねえです」

政さんが困ったような顔になってから、大きく笑った。

「やっぱりおやすは並外れた味覚の持ち主だ。この出汁が、いつもの鰹節とは違うもんでとったと判っただけでもすげえや」

「あの、でも、他に思いつかなかったので言ってみただけです……」

「他に思いつかない、つまり、他の部分は違いがないと見抜いたってことだ。いやいや、そうか、おやすには判ったか……てことは、メジ節は使えるってことだな」

「あのう、メジ節って」

「メジ、って魚がいるのさ。まぐろだよ」

「ま、まぐろ！」

「こら、大きな声を出すな。まぐろなんて下魚を使ってるなんて客に知れたら文句を言われるに決まってる。おやすはまぐろ、食べたことがあるかい」

「ねぎまのお鍋は、昨年の暮れに」

「ああそうか、年忘れで俺が作ったっけな」

「美味しかったです」

「まあ、ああやって鍋にしちまえば脂が落ちるから、まぐろも食えないことはない。それでもねぎまと言えば、畑の肥やしにするトロを使うところ、もう少しましな身で作ったから、美味いもんになった。赤身のとこを煮きった醬油と味醂に漬け込んだヅケも、すし飯と握ればおつなもんだが、江戸の海では獲れない魚だけに、鮮度のいいもんはなかなか手に入らねえ。江戸で食えるまぐろはたいがい古くて味が落ちてる。その上、強い脂で腹をくだすこともある。そんなんでまぐろは下魚と言われて、まともな料理屋では扱わない。けどな、焼津《やいづ》の鰹漁では、網に鰹に混ざってメジがけっこうかかるんだ。地元では、めきはだ、とも呼ばれてて、刺身で食って、なかなか美味い魚だとされているそうだ。以前、若旦那と一緒に焼津節の仕入れに出向いた時に、メジ節を初めて見た。作り方は鰹節とまったく同じ、ちゃんとカビもつけて磨いて、手間ひまかける。で、そのメジ節でとった出汁は、頼りないくらいに品がいいんだ」

「それが、この！」

政さんは大きくうなずいた。

「白木屋の水をいつも使うわけにはいかねえなら、昆布だけで出汁をとるのは諦《あきら》めなくちゃなんねえ。けど鰹節をあわせたんでは、鰹が勝って昆布はおまけだ。それじゃ面白くねえ。そこで焼津で味わったメジ節の出汁を思い出したのさ。こうしてあわせてみると、なかなかいい具合だろ。力強さはねえが、なんて言うかこう、たおやかでふうわりと品がいい。下魚とばかにされるまぐろでも、節に仕立てりゃ一級の味が出るってとこが面白い」

政さんはいたずらでも企むような顔で声をひそめた。

「けどな、これはおやすと俺と、それに大旦那様、若旦那の四人だけの秘密だ。まぐろなんて下魚を料理に出したなんて噂《うわさ》になったら、紅屋の客が減る。そこが俺としちゃあ少し悔しいんだがな」

「春にはこれで筍《たけのこ》を煮たら、ええお味になると思います」

「そうか、おかか煮の時に知らん顔してメジ節を使ってみたら面白いな。その時はいっそ昆布はなしで、メジ節の力だけでどんな味になるか試してみよう」

「今日はどうしましょう」

「夏の野菜をこの出汁でさっと炊いたらどうかと思うんだが」

「今日はお茄子《なす》のいいものが届きました」

「それならおまきに、その茄子をこの出汁で炊いて貰おう」

「今日は暑いですから、冷やしても美味しいと思います。あら熱がとれたらたらいに井戸水を張って、鍋ごと冷やして」

みたび、政さんのごつい掌がやすの頭で躍った。

「メジ節は鰹節と違って、酸っぱさがないんですね」

政さんの掌が止まる。

「おやす、おまえそこまでわかるのか」

「へ、へい。間違ってたらすみません」

「間違ってやしねえよ。けど、それはメジだからってわけでもないんだ。節の作り方の違いだ。いつも紅屋で使っている鰹節は焼津の本節、血合いはわざと落とさずに、その分しっかりとカビつけして時間をかけて熟成させてある。魚の血合いには癖や生臭さがぎゅっと詰まってるんだが、節に仕立てるとその部分が、味に深みや個性を出す。おやすが舌に感じた酸っぱさも、血合いの部分から出る味の個性だ。けど昆布と合わせるなら、魚の個性があまり強くないほうがいい。なのでわざわざ、血合いの部分を捨てて節に仕立てたものを使った」

「鰹節でもいろいろあるんですね……勉強になりました」

政さんは、空いた醤油樽に腰掛けた。

「おやす、おまえは台所でこうやって、俺から教わるのが楽しいか？」

「へい」

やすは即答した。

「とても楽しいです」

「けどその分、八つ時の休憩もとれずにこうして働かないとならねえし、いくら俺がおまえにいろいろ教えたところで、女は一本立ちの料理人にはなれねえんだぜ？　俺の経験からしても、女でも舌の優れたもんはいくらでもいたが、女の料理人が作ったものに高い金を払う客はいねえ。女は代金貰って飯を作るもんじゃねえ。それが大方《おおかた》の世間様の言い分だ。おまえがこの先どれだけ勉強して努力しても、せいぜいが、今のおさきとおまきの役割を足したあたりが出世の限界。あと十五、六年もしたら俺も引退するだろうから、あとに来た料理人が女に仕事を任せるのを嫌う奴《やつ》だったら、台所から追い出されちまうかも知れねえよ。おやすは呑み込みも早いし目端も利く、利口だし骨身も惜しまねえ。嘘も吐かねえし意地汚くもねえ。実はあのおしげだって、おやすのことをけっこう気に入ってるんだよ。部屋付きに欲しい、下働きでなくすぐにも女中として仕込みたいって、若旦那に直談判したこともあったくらいだ」

そんな話はまったく知らなかった。やすは目をぱちぱちさせて、驚きを呑み込んだ。

「おやすがそうしたいってんなら、部屋付きに替わっておしげに仕込んで貰えば、いずれは女中頭にもなれるかもしれねえ」

「……わたしは、ここがいいです。お勝手で働きたいです。……料理のことをもっと勉強したいです」

「そうか」

政さんは、ぱんぱん、と自分の頬を掌で軽く叩いた。

「おやすがそれでいいってんなら、おしげには諦めて貰うしかねえな。俺はまあ、そのほうが嬉しいけどな」

政さんは照れていた。やすは、胸のうちが温かいもので満たされた気がした。

下魚だって、節に仕立てれば高級な味が出る。けれど節は出汁の為に削られて、料理の表には顔を出さない。

そうだ、わたしは節になろう。このお勝手で生きて、身を削って、けれど美味しい出汁になる。どんな料理だって出汁が基本だ。出汁が駄目ならすべて駄目。

そういう心構えで生きていこう。


十四の夏だった。やすは、自分の人生をその時、決めた。

四　よもぎ餅

春。

弥生《やよい》の空は明るくて優しい。生き物たちが目を覚まし、どこもかしこも命の匂《にお》いに満ち溢《あふ》れる。

やすは、足取りも軽く山道を登っていた。あんなに痛かったあかぎれがいつの間にか治って、ひび割れていた踵《かかと》もくっついた。自分のからだも冬から春へと変化している。この季節がいちばん好き、とやすは思う。

背負い籠《かご》は空っぽなのでまだ軽いけれど、帰りにはかなり重たくなっているはずだ。

若草摘みはやすの得意な仕事だ。初めて政《まさ》さんに連れられて若草摘みに出かけたのは、昨年の春だった。若草を摘むというので、河原かどこかに行くのかと思ったら、政さんはやすを連れてこの山道を登った。さほど高い山ではないけれど、あまり人が登らないのか、道は獣道のように細くてわかりづらい。けれど半時ほども登ったところに、まるで極楽のような秘密の場所がある。

その小さな山のてっぺんより少し下のあたり、細い道から少しはずれた林の奥に開けた場所があり、そこは崖《がけ》の上で、眼下の品川《しながわ》宿から品川の海と左にたどると、かすむほどの遠くにうっすらと、下総《しもうさ》あたりまで見えた気がして、そして頭を右に向ければ、遠く神奈川《かながわ》のあたりまで見渡すことができるのだ。残念ながら富士《ふじ》のお山は角度が悪くて見えないけれど、神奈川の海の向こうには、やすがまだ見たこともない、西の国々があるのだろう。吸い込まれそうに青く広い空に白い雲が浮かび、その下は空よりも青い海。白い波がたち、魚を獲《と》る船が見える。

品川宿の宿屋がぎっしりと並んでいるあたりには、豆粒ほどの人の姿。思わず、おーい、と呼びかけてしまいたくなる。呼びかけたところでおそらく聴こえないだろうけれど、天から呼びかけられたことに気づいたら、あの人たちはどんな顔をするのだろう。

初めて政さんに連れて来られた日以来、やすはこの場所が大好きになった。その崖の上の草地には、驚くほどたくさんの若草が生えている。だから政さんは誰《だれ》にもその場所を教えない。特に今はよもぎの季節、籠を背負って山道に入るところを誰かに見られないように充分注意していた。

よもぎは珍しい草ではない。宿屋町の道端にも、土手にも、畑の脇《わき》にもたくさん生えている。けれど政さんは道端のよもぎは決して摘まない。

「犬ころが小便かけてるようなとこに生えてるもんを、お客の口には入れられねえよ」

土手のよもぎにも見向きもしない。

「ななめになったとこに生えてる草は根っこもななめ、生え方もななめだ。そういう草は芯が固い」

この眺めの良い極楽に生えているよもぎは、政さんが言うところの「一級品」、他の土地に生えたよもぎより香りが高くやわらかい。

今年になって、政さんは、やすが一人で若草摘みに行くのを許してくれた。

「誰にも見つからねえように、こっそりな」

この年もよもぎ餅《もち》を作る初めての朝、政さんはやすの背に籠を背負わせた。

紅屋《くれないや》のよもぎ餅は絶品だ。よもぎ餅だけで商売ができる、店先で売れば宿屋より儲《もう》かると言われるほどだ。けれど大旦那《おおだんな》様も若旦那様も、そうした商売は考えていないようだった。よもぎ餅は宿のお客が到着した時、熱いお茶と一緒にお出しして、出立される朝には、蒸した竹の皮に包んでお土産《みやげ》にしてさしあげる。これがたいそう喜ばれて評判となり、よもぎの季節は連日、空き部屋がなくなるほどの盛況である。その分、毎朝籠いっぱいによもぎを摘まないと間に合わない。正月の準備でもないのに、餅も毎日つくことになる。いつもより仕事は増えるが、それでも宿の者は誰ひとり不満に思わない。なにしろ、よもぎ餅の季節の間は、八つ時にできたてのよもぎ餅がいただける。茹《ゆ》でたよもぎを擂《す》り鉢ですって、漉《こ》した汁をふかしたもち米と一緒について。まだほかほかのよもぎ餅に、炊いたあんこをのせて。

お客に出すよもぎ餅は、あんを中にくるんでいる。それもまた美味《おい》しいのだが、まだやわらかく、よもぎの香りが強くたつ草色の餅に、とろっとのせたあんこ、あんなに美味しいものは滅多にない。あんこも、小豆《あずき》はみちのく南部の産、砂糖も極上で、とても贅沢《ぜいたく》なものである。

よもぎ餅の味を思い出したらつばが口いっぱいにたまってしまった。それをごくんと呑《の》み込んで、やすは腰をかがめた。

鼻をくすぐる潮の香り。

品川の海は、今日も機嫌が良さそうだ。

よもぎは一面に生えていたが、摘む時には丁寧に見極めることを政さんから仕込まれた。虫喰《むしく》いの穴のあるものはだめ。

「葉っぱってのは、虫が喰うとな、虫を追い払おうと毒気を出すんだ。だから虫喰い穴のある葉には、ほんのわずかだがえぐみがたまる。茹でておひたしにする青菜なら多少のことは構わないが、よもぎ餅はよもぎの良し悪《あ》しが肝心だから、わずかでもえぐみの強い葉は摘んだらだめだ。色が濃い葉は育ち過ぎてて固いから、擂り鉢ですっても固いもんが残る。餅の中に固いもんがちょっとでもあったら舌に触る。やわらかい色の若い葉だけ、そっと摘む。指に力をいれ過ぎたら潰《つぶ》れるぞ」

政さんの言葉を思い出しながら、丁寧に、大事によもぎを摘む。葉を摘むごとに、ぱっとあたりによもぎの清々《すがすが》しい香りが広がって、やすはいちいち、大きく息を吸ってみる。胸の中がよもぎの香りで満たされて、春がからだ中を駆け巡る。

この正月でやすは十五。自分でも驚くほど、からだつきも変わって来た。棒切れのようだった手足もいくらか丸みをおび、胸もほんのりと膨らんだ。けれどそれがやすにはあまり嬉《うれ》しいことではない。やすは、いつまでも童《わらわ》のまま、お勝手でおいまわされ、政さんに頭をがしがしと撫《な》でられていたかった。大旦那様は、いつまでも紅屋にいていいと言ってくださっているけれど、その言葉にどこまで甘えていいものなのか不安になる。とは言え、紅屋を出てもどこにも行くところなどはないのだが。

それでもたったひとつ楽しみなのは、今度の暮れを越えて年が明けたら、正式な女中になれることだ。わずかだが給金も出る。それを貯《た》めて何を買おうかと考えると心が弾んだ。


ふと、鼻腔《びこう》に何かを感じた。

……これは、墨？


やすは慌ててどこか隠れるところはないかと見回した。誰かが来る。

崖の端に岩が一つ。やすは籠を背負うと走ってその岩の陰にしゃがみこんだ。

間一髪、人の姿が現れた。

別段、誰かに見られて困るようなことをしていたわけではない。ただよもぎを摘んでいただけだ。けれど、こんな人気《ひとけ》のない寂しい場所に女がひとりでいるのは、世間から見ればあまりよろしくないことだろう。現れた人が悪人なら、懐《ふところ》のものを狙《ねら》われて殺されてしまうかもしれないし、手ごめにされることもありえる。童ならばゆるされることでも、十五の女にはゆるされないことがある。

やすは首を縮めて息を殺し、そっと現れた人の様子をうかがった。

墨の匂いが強くなる。

現れたのは若い男で、年の頃《ころ》なら二十五、六かそこら。町人のいでたちだが旅支度ではない。けれど地元品川では見た記憶のない顔だ。

男は草地に踏み出して驚いた顔になった。林を抜けたらいきなりの絶景、初めて来た時にはやすも驚いた。男は嬉しそうな顔になり、ゆっくりと海のほうに向かって歩いて来る。途中で、おや、という表情で地面にかがみこんだ。

しまった！　やすは青くなった。首にかけていた手ぬぐいが知らぬ間にすべり落ちていた。男が手ぬぐいを拾い上げる。くれないや、と宿名を染め抜いた手ぬぐいだった。男は、ひょい、と手ぬぐいを自分の肩にひっかけてまた歩き出した。その仕草はどこか少し崩れていて、こういう人のことを世間がよく「遊び人」と呼ぶのかしら、とやすは思った。

男が岩のほうに近づいて来たので、やすは危うく悲鳴をあげそうになって堪《こら》えた。

だが男は岩の裏側までは覗《のぞ》かずに、岩のそばに座り込んだ。あぐらをかいて、そのあぐらの上で風呂敷《ふろしき》包みをほどく。

ああ、やっぱり。

包みから出て来たものは、墨壺《すみつぼ》に筆、そして紙の束だった。男はどうやら、絵師、らしい。ささっと素早く筆を動かして、眼前の絶景を写生している。手元はよく見えないが、男が無心に動かす筆はまるで生き物のようで、やすはその仕草に思わず見とれていた。

そう見栄えのする男ではないが、遊び人かも、と思ったのはどうも誤解だったようだ。身なりはきちんとしているし、なによりそのまなざしの真剣さは怖いほどだった。時のたつのもわからなくなるほど、やすはその絵師が筆を動かす様に惹《ひ》かれ、目を離すことができないでいた。そして自分ではそうしているとも知らずに立ち上がり、岩陰から身をのり出して、絵師の手元の紙を覗き込んでしまった。

ふ、と、絵師の頭が動き、やすのほうを見た。絵師はにっこりと笑ったが、やすは自分がとんでもないことをしてしまったと気づき、その場にひれ伏した。

「も、もうしわけありません。ぶしつけなことをいたしました。どうかおゆるしください。おゆるしください」

地面に額をつけて謝りながら、お武家様でなくてよかった、お手打ちにされることはないだろう、と思うが、それでもからだの震えは止まらない。絵師の中にはお武家様と同じくらい偉い方もいらっしゃると聞いたことがある。

「ゆるせと言われても、わたしはあなたの何をゆるせばいいのかな」

笑いを含んだ声だった。やすはおそるおそる、顔を上げた。

「そんなところに頭をつけたのでは、でこが汚れる。年頃の娘さんがでこに土などつけて歩いていたのでは、お嫁にいきそびれますぞ」

絵師は肩にかけていた手ぬぐいを、ぐいと差し出した。

「これはあなたが落としたものですか」

「は、はい」

「くれないや、とあるのは品川宿の、高松屋《たかまつや》の二軒ばかり隣りの、赤い幟《のぼり》の立っているあの宿のことかな」

「は、はい、そうでございます」

絵師が手招きした。

「わたしの絵が気になるのなら、こっちに来て見ておくれ」

「い、いえそんな」

「気にならないのかい。わたしの絵なんぞ、見たくはないと」

「そ、そんな、そんなめっそうもない！　す、すごく、み、み」

「見たくない？」

「見たいです！」

やすは立ち上がった。絵師は、あはは、と笑ってまた手招きした。

「おや、その籠は」

「よもぎでございます」

「ああ、やっぱり。ここは随分とよもぎの香りが強いと思ったんだ。あなたが摘んだから香っていたんだね。そう言えば、品川宿には随分と美味《うま》いよもぎ餅を出す宿があると聞きましたが、そうか、紅屋のことだったのか」

絵師は自分の頭を筆の尻《しり》でとんと叩《たた》いた。

「まったく失敗したなあ。わたしはよもぎ餅が大好物なんですよ。そうと知っていたら、紅屋さんに居候させて貰《もら》うんだった」

「え、絵師様はどこにご滞在でございますか。本陣様ですか」

「いや、今は百足屋《むかでや》において貰っております」

「脇本陣《わきほんじん》様ですね。それでしたら明日にでも、脇本陣様によもぎ餅をお届けいたします」

「そんなことして貰っていいんですか」

「毎年、脇本陣様にはよもぎ餅をお届けしているんです。百足屋の旦那様と紅屋の大旦那様は仲がおよろしくて、脇本陣様の旦那様もよもぎ餅が好物で」

「そうか、それは嬉しい。さ、こっちに来てわたしの絵を見ておくれ」

やすは絵師の後ろから紙を覗き込んだ。


息が、止まった。


言葉がなかった。墨だけで描かれた、おそらくは下絵だろうが、その写生はあまりにも見事で、紙の中に品川の海がそのままあるようだった。墨色だけの絵なのに、なぜこの海は青く見えるのだろう。波の白さに陽《ひ》の光がきらめいて見えるのだろう。

「どうです、気に入りましたか」

やすは何か言おうとしたが言葉が出て来ずに、ただこくこくとうなずいていた。

「ここはいい場所です。これから毎日ここに通って、品川を写生することにしよう」

絵師は立ち上がって、大きくのびをした。

「百足屋さんは、お嬢さんを描《か》いてくれと言うんですよ。わたしは美人画はどうも苦手でね。どんなに悋《まれ》な美人でも、それでも人であるなら、細かく見ればあらもある。そのあらが人らしくていいと思うんだが、美人画というのはあらをそのまま描いたらいけない。あらをごまかして、実物よりも綺麗《きれい》に描かなくては美人画にならない。わたしはどうも、絵筆を初めて持った時からとにかく細かく写生したい性分で、絵の修業をしていた頃には、同門の先輩が捕まえた鯉《こい》を隅々まで細かく写生したくて、先輩が鯉を潰して食べようとするのを押しとどめて笑われたこともあるんです」

「鯉ですか。鯉は威張ったお顔をしていて、ウロコが硬いです」

「そうそう、鯉はとても威張った顔をしている。そういうのを細かく写生するのが面白いんです。そんなんで今でも、美しい女人を見てもその目尻の皺《しわ》まで描いてしまうし、芸者の帯の模様が面白いと思ったら、どうしても写生したいとついてまわって怒られる。失敗ばかりだ」

やすは思わず、くすくすと笑った。目尻の皺まで描いてしまっては、それは美人画にならないだろう。

「これをあなたにあげましょう」

絵師は無造作に、海を描いた紙をやすに手渡した。

「えっ、そんな、いただけません」

「いいんですよ、どうせ習作だ。習作というのは出来上がったものに意味などない、描いている間にだけ意味がある。わたしはここで今、良い修業をした。わたしにとっては、この絵にはもう何の意味も価値もないが、あなたはこれを気に入ってくれたようだから、まあ退屈したら眺めておくれ。よもぎ餅、楽しみにしていますよ」

絵師は笑いながら、道具を片づけると早足で林の中へと消えてしまった。

取り残されたやすは、手にした紙をそっと広げた。

またひとつ、宝物が増えました。やすは思った。

❖

籠一杯のよもぎを摘んで紅屋に戻ると、餅つきの真っ最中だった。やすは慌ててよもぎを洗い、虫やら小石やらが付いていないか一葉一葉確かめてから、笊《ざる》にあげておまきさんに渡した。おまきさんは野菜を扱うのがとにかく上手だ。思わず見とれてしまうほどの素早い手つきで、よもぎの葉を茎から外す。摘む時にできる限り茎までやわらかいものをと吟味はしてあるが、それでもおまきさんの指先で選《よ》り分けられた硬さの残る茎は、漬物にまわされる。とびきりの若葉を茹でて水気を絞り、大きな擂り鉢で丁寧にあたる。最後に布でしっかりと濾して、餅がつきあがる頃には、緑も鮮やかなよもぎの汁がたくさんとれた。それをつきあがる餅に少しずつ混ぜ込んで、驚くほど美しい、草色の餅が出来上がった。

紅屋の女衆総出で、その餅を丸める。前の晩に、炊いた小豆をさらしで濾して上等のあんを作った。一晩冷まして落ち着いたあんを、その餅の中に丸めこむ。八つ時まで休まずに作業して、紅屋特製のよもぎ餅が百個出来上がった。

味見は番頭の藤五郎《とうごろう》さんのお役目だ。

紅屋には大番頭がいない。大番頭の代わりを若旦那様がつとめていて、よその宿屋ではあまり見られないほど奉公人と同様に働いているので、その分番頭さんの役割がよそと少し違っている。藤五郎さんは一年の半分ほども大旦那様と共に旅に出て、各地の宿場で評判の宿に泊まり、評判になったわけを学び、あるいは名物を食べて料理の参考にし、さらに、食材の調達の交渉もする。その藤五郎さんが、よもぎ餅は紅屋のものがいちばん美味い、と言ってくれれば、その年のよもぎ餅も合格である。

「うん、美味い。やはりここのよもぎ餅が、いちばん美味い」

今年も番頭さんのお墨付きが出た。女衆も政一さんも、餅つきを手伝った男衆もみんな笑顔だ。この笑顔が、紅屋の春の一行事なのだった。

「さてそれでは皆さん、お八つにしましょう」

藤五郎さんの言葉に、みんなはしゃいで自分たちの分のよもぎ餅を作り始めた。まだ丸めていない餅をひとくちにちぎって、それを何口分も皿にとり、こしあんではなく、甘くとろっと炊いた小豆を上からかける。この食べ方は大旦那様のお気に入りで、いつしか紅屋の、裏名物になってしまった。

「美味しい〜」

おまきさんが悲鳴のような声をあげたので、みんな笑った。けれどやすも、心の中でおまきさんと一緒に叫んでいた。美味しいいいいっ！

よもぎのすーっとする香りが、ふっくらした餅をひと噛《か》みするごとに口から喉《のど》、鼻へと抜けていく。そこに炊いた小豆の、ほっとするような温かい甘さが絡まって、口の中でよもぎと餅と小豆、そして贅沢に使われた砂糖が渾然《こんぜん》と溶けあう。呑み込むのがもったいなくてぐずぐずしているのに、餅は優しくとろけていつのまにか消えてしまい、舌に残った小豆の皮が未練がましくわずかな甘さをいつまでも感じさせるので、もうひとくち頰《ほお》ばらずにはいられない。もっとゆっくり、もっともっとじっくり味わいたいと思うのに、止められずに瞬く間、皿は空になってしまった。

「おやす、お代わりしていいんだよ」

おさきさんが言ってくれた。

「このよもぎはおまえが摘んで来たんだから、お代わりするくらいのお駄賃はあげるよ」

「そんな、よもぎ摘みはわたしの仕事です」

「遠慮なんかしてるとなくなるよ」

おまきさんが言って、やすの皿に餅をのせた。

「おまえがお代わりしないと、あたしもしにくいじゃないか」

またみんな笑って、それぞれに餅を皿にのせる。炊いた小豆もたっぷりとかけた。

「そうそう、おやす」

番頭さんが言った。

「脇本陣によもぎ餅を届けるのは明日の約束だが、今日の分も十個ばかり余るから、お味をみてください、とお届けしてくれないか。百足屋の旦那様はことのほかよもぎ餅が好物だからね、明日まで待ち切れないだろう。明日、百足屋さんでお出しする分の五十個はあらためてお作りしますから、と言ってね」

「へい」

やすは、百足屋に居候している絵師と会ったことを言うべきかどうか迷った。隠すようなことではないけれど、他に誰もいないあんなところで、短い間とはいえ絵師と二人きりでいた、というのは何となく体裁が悪い。十五の女がすることではない。

「そうそう、なんでも百足屋さんとこに、お嬢さんがいらしたそうですよ」

おさきさんが言った。

「お嬢さん？　百足屋さんのところに女のお子様がおいでになるなんて聞いたことがないが。あそこは息子さんが二人のはずじゃ」

おさきさんは、番頭さんのほうを見て小さく首を振った。

「……お引き取りになったとか……そのね、上のお兄様たちとはお腹《はら》の違うお妹さんを」

あれまあ、とみんな口々に言った。他人の噂話《うわさばなし》は八つ時の恒例だった。こうした話題になった時は、やすは口を噤《つぐ》んで、聴こえていないような顔でいなければならない。十五になったとはいえ、まだ一人前の大人ではない。大人の話に口を挟んではいけない。

「そりゃ脇本陣百足屋ともなれば実入りも違う、当主の治兵衛《じへえ》さんはお大尽だ、お妾《めかけ》の一人ふたり、いて当たり前だが」

番頭さんは腕組みした。

「しかしなんだってわざわざ、娘さんを引き取りなさったのかね。跡取りは立派な息子が二人もいるんだから、今さら女の子を引き取って婿を迎えようってことでもないだろうに」

「どこぞの大店《おおだな》にでもお嫁にやるんでしょう」

おさきさんが、濃くいれたお茶をみなに配りながら言った。

「大きな商売してるところと縁組みすれば、百足屋さんもますます繁盛。それには妾《しょう》家《か》から嫁に出すよりも、いったん自分のとこに引き取って、ひとり娘でございます、と体裁を整えたほうがいいもんねえ」

「どんなお顔なのか、ちらっとでいいから見てみたいね」

おまきさんがニヤリとした。

「お妾にするくらいだから、母親は間違いなく美人だろうけどさ、百足屋の旦那様はねえ、鬼瓦《おにがわら》だよ、あれは。父親に似ちまったら大変だ」

「そうそう」

思い出したようにおさきさんが言った。

「脇本陣と言えば、あそこのお勝手女中頭のおたなさんから聞いたんだけど、なんでも百足屋さんに今、絵師様が居候していなさるそうだよ」

やすは、どきり、として下を向いた。

「絵師様？」

番頭さんも初耳だったらしい。

「おや、それは知らなんだ。名の知れた絵師様なのかね」

「いえいえ、まだお江戸でも無名の先生らしいですよ。でもね、ちゃんと狩野派《かのう》で修業したとかなんとか。狩野派ってなんですか、番頭さん」

「絵のことはわたしも詳しくは知らないが、狩野派と言えば絵師の流派ではいちばん大きいところなはずだよ。それならまあ、まともな絵師様なんだろうが」

「絵師ってのはあの、浮世絵を描く人のこと？」

おまきさんが訊《き》く。

「それじゃあ、新しくいらしたお嬢様の浮世絵でも描くのかね。浮世絵の人気で品川の美人番付でもやったら面白い」

「これからいいところに嫁に出すつもりのお嬢様を、そんなうわついたもんにさらすわけはない」

「あら番頭さん、けど町娘の浮世絵も評判になるとたいしたもんですよ。人気の小町娘ともなれば、縁談だってひきもきらずになるだろうし」

「そんなことをしなくたって、百足屋さんの財力ならばいくらでもいい縁談はありますよ。それに絵師というのは、浮世絵を描くばかりじゃありません。屏風《びょうぶ》や襖《ふすま》の絵もあるし、掛け軸などもある。美人画の他にも、風景だの仏様の教えだの、様々なものを描くんです。良い絵師が出て、たいした財産になることもある。今は無名でいらしても、後々《のちのち》その絵に値打ちが出て、たいした財産になることもある。今は無名でいらしても、後にそのお方の絵が世に認められれば、逗留していただいた百足屋さんの名も後世に残る」

「でもまったく売れなくて、最後まで無名のままだったら？　宿代も食事のお代もいただかないんでしょう、丸損ですよ」

「丸損ということはありませんよ。わざわざ逗留をお願いしたのですから、お上手な絵師様であることは間違いがないんでしょう。まあ掛け軸の何幅かでも描いていただけば、上客をお泊めする部屋の床の間に飾ることができますからね。昨今、ああしたお軸だってばかにはできない高値です。それを季節ごと、あるいは年中行事だの世相にちなんだ場面などで掛け替えないとならない。その分の節約と考えれば、宿代や飯代など安いものだ」

「やっぱり番頭さんだ、抜け目ない」

　おまきさんが笑って言った。

「それならこの紅屋にも、絵師様を呼んでお泊めすればいいのに」

「滅相もない、紅屋は料理自慢の人気宿とは言え、たかだか平旅籠《ひらはたご》。昔っから、絵師を逗留させるのは地元の名家やお大尽のところと決まっています。世の中は分相応というものがある。さあさあ、お餅もなくなった、八つ時は過ぎましたよ。そろそろ夕《ゆう》餉《げ》の支度にかからないと間に合いませんよ」

　よもぎ餅の宴《うたげ》は終わり、みなそれぞれに仕事に戻った。明日もよもぎ餅を作る。明日の八つ時にもまたいただける。それを思うと、やすは、今食べ終えたばかりのよもぎ餅が、またすぐに食べたくなった。明日まで我慢。明日もまた朝の仕事を終えたらよもぎ摘みに出よう。明日……あの絵師様は、明日もまたあそこで写生をされるのかしら。


　井戸端で里芋を洗い終えて台所に戻ったところで、白い布巾《ふきん》をかけた盆を、おさきさんから手渡された。

「お泊まりのお客様の、ご到着のお菓子、明日のおもたせ分をのけて残り十二個。はい、これ百足屋さんに持って行っておくれ。百足屋さんのお勝手口にまわって、お勝手女中頭のおたなさんを呼んで貰って、盆ごと渡せばいいからね。それで、明日は五十個お持ちいたしますが、これはお味見の分です、って言うんだよ」

「へい」

脇本陣百足屋は品川宿の南、百足河岸《かし》に近いあたりにある。品川宿随一の大きな旅籠で、大名行列がお見えの際には、脇本陣としておつきのお侍様や奉公人たちの宿となる。品川宿からお江戸まではほんの少しの距離だったが、お江戸に入る前に身だしなみを整える為《ため》、わざわざ品川に宿をとるのだ。大名行列に限らず、旅人の多くはお江戸入り前に品川に寄って、はき古したわらじを真新しいものに換え、羽織物を繕い、髪まで結い直して身なりを整える。みすぼらしい格好をしていたのではお江戸で田舎者と嗤《わら》われて、商売の話もうまく進まない。そのため、品川の通り沿いには履物や羽織物を売る店がやたらと多い。

通りを歩きながら、そうした店の店先に並べられた品物を横目に見るのは楽しい。自分も給金が貰えるようになったら、少しずつ貯めた自分のおぜぜで、ああした店で何か買い物をしてみたい。

日はまだ高く日暮れまでには間があるが、通りにはそろそろ、夜の品川で生きる女たちも歩き始めていた。多くは飯盛女たちで、格好は旅籠女中のそれだが、髪などがおさきさんやおまきさんと比べればいくらかあだっぽい。早めに湯屋に行ってからだを綺麗にしているのもふつうの女中とは違う。湯屋はやすのような見習い女中には贅沢なもので、やすはおさきさんに連れられて数回行ったことがあるだけだ。いつもはたらいに湯を入れて、そこに浸《つ》かってからだを洗う。それも数日に一度程度。

さらにあでやかな女たちは、支度する前の芸者だろう。まだ化粧もしていない顔なのに、芸者になれただけあって目鼻立ちの整った女が多い。小間物屋の店先で髪飾りを手にとったり、履物屋で下駄を選んだり。それぞれに背負っている年季はあるのだろうが、それでも華やかな品物を買うことができるのは少し羨《うらや》ましかった。

「ごめんください」

百足屋の勝手口で声をかけると、少女が走り出て来た。やすが紅屋に来た頃より一つ、二つは年上だろうか、下働きの下女である。おたなさんにとりついでくださいと言うと、あい、と返事してまた勝手口の中へと消えた。ほどなくして、たっぷりと身幅のある、大女《おおおんな》の女中が現れた。

「紅屋さんかい？　もうよもぎ餅、できたのかい」

「お約束の五十個は明日お届けにあがります。今日はお味見にお持ちいたしました」

「おや」

おたなさんは、布巾をめくって草色の可愛《かわい》らしい餅を見るとにっこりした。

「今年も美味しそうだねえ。旦那様の大好物だよ、今日から食べられると知ったら大喜びなさるよ。けど、紅屋さんには毎年迷惑をかけちゃうねえ。菓子屋でも餅屋でもない、ご同業なのに」

「百足屋の旦那様に召し上がっていただくのは、紅屋の歓《よろこ》びでもありますから」

おさきさんに教わった通りに言った。

「えっと、おまえさんは確か、おやすちゃん」

「へい」

「ちょっと中にお入り。お駄賃代わりに、いいものあげよう」

「いいえ、すぐに帰りませんと」

「まあそう言わず。さ、中へおいで」

袖《そで》を引っ張られるようにして百足屋のお勝手に入った。やすは驚いて息を呑んだ。

広い。

紅屋の台所の倍よりまだ広い。ずらっと並んだ竈《かまど》、数えきれないほどの鍋《なべ》、釜《かま》。壁一面の大きな棚にはぎっしりと皿だの茶碗《ちゃわん》だの。すでに夕餉の支度が始まっていて、ひいふう、七、八人の料理人が忙しそうに立ち働いている。さすがは品川一の大旅籠、百足屋のお勝手だった。

「そこに座って待っておいで」

おたなさんが空き樽《だる》を指さしたので、やすは言われた通りに樽に座った。そうして広い台所を眺めていると、薄れかけた記憶が甦《よみがえ》る。あの日、神奈川宿の台所で、たった一人で座っていた時のこと。心細くて泣き出しそうだったけれど、それまで見たこともないほど大きな釜や鍋に心を奪われて、熱心に見つめていたあの時。

料理人たちはやすのことなど気にもせず、黙々と仕事を続けている。その間を縫うようにして女衆が立ち働き、できあがった総菜を運んで行く。盛りつけは台所から一段あがったところでされているようで、女衆が何人か、並べられたお膳《ぜん》の前で働いている。

不意に、その盛りつけ場所のあたりがざわめいた。と思ったら、何かとても色鮮やかなものがこちらに向かって進んで来る。何かしら。何……

「あなた、だれ？」

色鮮やかなものが、やすの真ん前で止まり、そう訊いた。

五　お嬢さま

「あ、あの、わ、わたしは」

「誰でもいいか。あなた、毬《まり》、つける?」

「へ、へえ」

毬つきは、やすの唯一得意な遊びだった。父親に売られるまでの間に、弟や近所の子供たちに毬をついてやった記憶がある。あちこちほつれた古い毬だった。母の形見だったのか、父がどこかから貰ったものなのか、もうおぼえていない。

「なら、ついてちょうだい」

ああこのひとが、百足屋さんに引き取られたお嬢さまだ。やすは思った。うっとりするほど美しい、錦《にしき》の色の長い袖の着物を着て、髪は結い上げずに下ろしたまま、その髪に蒲公英《たんぽぽ》を編んだおかしな形の髪飾りをさしている。

「へ、へい」

やすはお嬢さまについて勝手口の外に出た。お嬢さまがやすに手渡したのは、まだ新しい、絹糸を巻いた毬だった。

「こんなきれいな毬……地面でついたら汚れてしまいます」

「毬はつく為にあるのよ。畳ではちゃんとはねないから面白くない。さあ、ついて見せて」

「へい」

やすは毬を受け取り、ついた。上等な毬で、面白いように弾む。

「お上手、お上手」

お嬢さまが手を叩いて喜んだ。

「教えてちょうだい。どうしたらそんなふうにつけるの?」

やすは毬をお嬢さまに返し、お嬢さまがつく様を見ながら、もう少し強くついてくださいませ、掌《てのひら》をしっかり下に向けて、毬を押さえるようにして……と教えた。お嬢さまは生来、そうした勘がよろしいらしくて、すぐに上達した。

「あれまあ!」

大声がしたので振り向くと、おたなさんが驚いた顔で立っていた。手には和紙に包んだ何かを持っている。

「お嬢さま、いつのまに」

「おたな、わたし、この子と仲良しになったのよ」

お嬢さまが屈託なく笑った。

「毬つきを教えて貰っているの。だってこの家の人は誰も、毬つきを一緒にしてくれないんですもの」

「お嬢さまはもう十七でいらっしゃいますよ。毬をついて遊ぶ歳《とし》ではありません」

おたなさんはお嬢さまの手から毬をもぎとり、少し怖い顔になった。

「そんなお振り袖で毬つきなどして、ほらほら、足袋《たび》もひどく汚れて。旦那様から、お小夜《さよ》お嬢さまにはお行儀良く振る舞うことをおぼえていただけといいつかっているんです、こんなお転婆《てんば》はいけませんよ」

おたなさんは、和紙の包みをやすに渡した。

「ほら、干菓子だよ。とても上等なお砂糖でできてて、口に入れるとすうっと溶ける。少ししかないから、持って帰って配るよりも、紅屋に戻る道々で食べてしまったほうがいいだろうね。ご苦労さま、明日はよもぎ餅をよろしくと紅屋の皆さんに伝えておくれ」

「あなた、紅屋の人なのね。名前は何と？」

お嬢さまが訊いた。

「やす、でございます」

「おやすちゃん、ね。おやすちゃん、明日も来るの？」

「さあ……よもぎ餅をこちらにお運びするのは、男衆のどなたかだと思いますが」

五十個はやすが一人で運ぶには少し重たい。無理をさせて落としてしまっては大変だからと、男衆の誰かが持って来るだろう。

「あなたも来てちょうだい」

お嬢さまが言った。

「約束よ。必ずあなたも来てちょうだいね」

「あ、それは」

そんなことを勝手に約束はできない。けれど、断る暇も与えずにお嬢さまは言った。

「わたし、お小夜。この家の娘になったの。それじゃまた、明日」

くるっと素早く身を翻して、お小夜さまは家の中に消えてしまった。やすは困っておたなさんの顔を見た。おたなさんは苦笑いしながら肩をすくめる。

「まったく、野放図に育てられたお嬢さまなんだから」

おたなさんは小さな溜《た》め息《いき》を吐《つ》いた。

「あんなお転婆をこの百足屋のお嬢さまにふさわしい娘にするのは、相当に骨が折れるだろうね。立ち居振る舞いなんかもう、そのへんの町娘よりも乱暴なんだからねえ。

あんなに器量良しで頭も良さそうだけれど、お行儀を直さないとどこにもお嫁になんかいかれないよ。けれども、ここに来て初めて仲良しが出来たと喜んでいるところなんかは、案外可愛いねえ。なんでもここに引き取られるまでは、年寄りばかりの中で育って同じ年頃の子供と遊ぶこともなかったらしいから、あんたと話せて嬉しかったんだろうね。おやすちゃん、悪いけど明日もまた来てくれるかい？」

「へい、でも、おさきさんのゆるしがないと」

「おさきさんとわたしは同じ長屋なのよ。どうせ今夜も会うだろうから、わたしからゆるしを貰っておくよ」

「お願いいたします」

やすは頭を下げ、菓子の礼を言って紅屋に戻った。


おたなさんにすすめられたように、途中で干菓子を食べてしまおうかと何度も思ったけれど、躊躇《ためら》っているうちに紅屋に着いてしまった。

勝手口の前で、勘平《かんぺい》が薪《まき》を割っていた。小僧だった勘平も、もう十三になる。からだつきもすっかり逞《たくま》しくなって来た。寝坊しては怒られて泣きべそをかいていた洟垂《はなた》れも、今では立派に紅屋の男衆のはしくれだ。紅屋ではただ一人、やすよりも年下の奉公人だったので、やすにとっては弟のように可愛い存在だった。

「勘ちゃん、ちょっと」

声をかけると鉈《なた》を持ったままで振り向き、にっこりする。

「おやすちゃん、お遣いに出ていたのかい」

「うん、南品川まで行って来たの。それでね、これ」

やすは和紙の包みを開いた。桃色と白の綺麗な干菓子が三つ。やすは桃色の菓子をつまみ、口に入れた。

「勘ちゃんも食べていいよ。あ、美味しい！」

なんという品の良い甘さだろう。そして信じがたいこの口溶け。舌にのせるとすうっと溶けた。しかも不思議なことに、舌がひんやりと涼しく感じられる。

勘平も白い菓子をひとつ、口に入れた。途端に目を丸くする。

「うわあ、うんまい。あまーい」

「甘いね。美味しいね」

「美味しいよ、おやすちゃん。これなんていうお菓子だい？」

「よく知らないの。百足屋さんでいただいたの。三つしかないから、内緒だよ」

「うん」

「もう一つは、政さんに食べて貰おうかな」

「政さんに？　政さん、菓子なんか喜ばないよ。おいらにもう一つおくれ」

「だめ。政さんならこのお菓子のこと、きっと知っているから教えて貰うの。この、すーっと舌に涼しいお砂糖のこと」

やすは和紙をそっと包み直し、袖に入れた。


よもぎ餅のおかげで部屋は満室、夕餉の支度も大変だった。けれど百足屋の台所で見たあの忙しさに比べれば、紅屋はずっとのんびりしているな、とやすは思った。今夜の魚は見事な桜鯛《さくらだい》、春の宵にこれほどふさわしい魚もない。政さんは鯛をさばく時はとびきり張り切る。鯛ほど味が良く奥の深い魚はいない、鯛をどう料理するかで、その料理人の腕がわかる、と。

今宵《こよい》の献立は、鯛の黄身焼きに鯛しんじょうのお椀《わん》、浜焼きした鯛をのせて炊いた鯛めし、と鯛尽くし。毎年、よもぎ餅を初めて作った夕餉には鯛尽くし、というのが紅屋の恒例である。

「黄身を塗ったら遠火で乾かすようにあぶる」

政さんは、竹串《たけぐし》に塩をした鯛の切り身をさし、軽く焼いてから卵の黄身を塗ってやすに串を持たせた。

「おやす、やってごらん」

「へい」

「炭に近づけ過ぎると焦げる。せっかくの黄色に焦げの黒が混ざると汚くなる。決して焦がさないように、目を離すんじゃねえよ」

「へい！」

政さんの黄身焼きは、ただの卵の黄身ではなく、黄身に何やら少し隠し味を仕込んである。そのせいでますます焦げ易《やす》いので注意が必要なのだ。何を黄身と混ぜているかは教えて貰えないが、味見をさせて貰って何となくわかった。白味噌《しろみそ》、それに味醂《みりん》も混ざっている。

「それにしてもいい桜鯛が入ったねえ。こんなにたくさん、見事な鯛を集めるのは大変だったろ」

おさきさんが、鯛めしの仕上げをしながら感心している。

紅屋に魚を卸しているのは、品川河岸の魚竹《うおたけ》という魚屋で、棒手振《ぼてふ》りの元締めも兼ねている。もともと、贔屓《ひいき》にしていた棒手振りが持って来る魚の質がいいところに目をつけた大旦那様が、元締めと話をつけて直接取引するようにしたらしい。毎年の鯛尽くしの夕餉にも、魚竹が見事な桜鯛を欲しい数だけ調達してくれる。

「そうだそうだ、おやす、おまえさんは火加減の勘も良さそうだ」

やすは必死だった。どんなに頑張っても、女は料理人として一本立ちがゆるされることはない。女の料理は亭主や子供の為にするもので、おぜぜをいただいてお客に出すものは男の仕事だ。だが政さんは、やすの料理人としての資質を信じてくれていた。おやすの鼻は犬のようだ、と褒《ほ》める。やすは食材の匂いを嗅《か》げば、新しいか古いか、甘いか渋いか、そうしたことがなぜか判《わか》った。舌の感覚も鋭い、とも褒めてくれる。出汁《だし》を湯で薄く割っても鰹節《かつおぶし》なのか鯖節《さばぶし》なのか舌で判別ができた。

「おやすなら、努力すれば評判の一膳飯屋くらいは持てるかもしれねぇよ」

政さんにそう言って貰ったことが、やすの生きる力になった。

だがやすは、将来この紅屋を出て飯屋を持ちたい、などとは、思うだけでも大それたことだと知っていた。それよりも、ゆるされるならば一生、ここで働きたい。足腰が立たなくなって追い出されるまで、お勝手で働いていたい。それはやすの本音だった。けれど、婆《ばばあ》になってまでここに置いてくれとは言えやしないのだ。いつかはここを出て行く日がやって来る。

昨年の秋、客部屋付きの女中、おたみが祝言をあげた。相手は百足屋で下足番をしていた正五郎《しょうごろう》で、紅屋の大旦那様はおたみの為に花嫁衣装まで用意しておくり出してやった。おたみは正五郎と百足河岸近くの長屋で暮らしているが、おたみの腹にはもうややこがいると聞く。大旦那様は、おやすの嫁入りもうちでととのえてやりたいと言ってくださるが、そう言われるたびにやすは寂しさを感じている。

お嫁になんかいきたくない。いつまでもここにいたい。

「こら、黄身が焦げるぞ。何をぼうっと考えてるんだ」

やすは慌てて謝り、魚に気持ちを集中させた。

夕餉の支度があらかた済んで、政さんがひと息ついている時に、やすは和紙の包みをそっと手渡した。

「これ、百足屋さんでいただいたんです」

「食べたことのない、すうっと舌に涼しい干菓子なんです。政さんなら、このお菓子のことを知ってなさるかなと」

政さんは包みを開けて、中に残っていた白い干菓子を口に含んだ。銀杏《いちょう》の葉の型で抜いた菓子だった。

菓子を口に入れると政さんは目を閉じた。おそらくは舌で溶ける感覚を味わってから、目を開けた。

「これは、和三盆《わさんぼん》てえ砂糖だ」

「わさんぼん」

「三盆、三つの盆と書くんだが、上等の砂糖って意味だな。唐《から》ではなく阿波《あわ》や讃岐《さぬき》で作られている砂糖だから、和、の字が付いたんだろう」

「お砂糖は、薩摩《さつま》藩の島でとれるのだと思ってました」

「砂糖のもと、砂糖きび、って作物があるんだが、南の島で栽培してる砂糖きびと、阿波や讃岐で栽培してる砂糖きびとはもとから違うらしい。それにおそらく精製する手法も違うんだろうな。南の島の砂糖は黒いが、和三盆の砂糖は黄色みがかった白。それをさらに精製して白くして、粒の細かい砂糖になる。公方《くぼう》様に献上されるような上等の砂糖だ。今は江戸の有名な菓子屋では、和三盆を使うのが当たり前になってるらしいよ。もっともそういう砂糖だからえらく値が張る。紅屋のように菓子屋ではなく宿屋で、お客にくつろいで貰うだけの為にお出しする菓子にはとても使えねえ」

「わさんぼん」

やすはもう一度その名を口にした。

「何やら、楽しい名前ですね。わさんぼん」

政さんは笑った。

「おやすは、どんなもんでも楽しめるんだなあ」

「へえ。今日は他にも、いろいろ楽しいことがありました」

「ほう、何があったんだい」

「へえ、朝はよもぎを摘みに行って、絵師様とお会いしました」

「絵師？　そりゃ、百足屋に逗留してるっていうあの絵師のことかい」

「そこまではわかりません。ほんの少しだけお話ししました」

「絵師なんてそう何人も品川にいるわけねえよ。どんなお人だったい」

「へえ、気さくなお方でした。おまきさんよりはちょっと上の歳に見えました。海の絵を墨だけで描いて、それが……まるで波の音が聞こえて来るみたいな、青い色が目に染みて来るみたいな……」

「上手なんだな、その絵師は」

やすはうなずいた。

「絵のことは何もわかりませんけど、すごいなあと思いました」

やすは胸元に畳んでしまってあった絵を取り出し、広げて見せた。

「おう……これは本当に上手《うま》いな……おまえにこれをくれたのかい」

「へえ」

「ならこれは、ほんの下絵の、それも試しにちゃっと描いてみたってもんなんだろうな。それでこの絵か……で、名前はなんと？」

「へえ……お名前はうかがいませんでした」

「おやす、この絵は大事にしまっておけ。そのうちにその絵師が名を成して、この絵にもたいそうな価値が出るかもしれねえよ」

「へい」

もちろん、大切にしまっておく。けれどそれは、後に価値が出そうだからではない。今、やすにとってかけがえのない価値があるものだからだ。そうやすは思った。

「他にも楽しいことがあったかい」

「へえ。お八つに食べたよもぎ餅がとびきり美味しかったです」

「あはは。それだけかい」

「南品川までお遣いに出て、品川の大通りを歩きました。いろんなお店がありました」

「おやすもそろそろ、髪飾りの一つも買いたい年頃だなあ」

「髪飾りは欲しくないです。でも欲しいものが一つ」

「なんだい。言ってごらん」

「芸者のおねえさんたちが手に提げていた、可愛らしい巾着袋《きんちゃくぶくろ》が……あれがあれば、好きなものをみんな入れて持ち歩けていいなあ、って。いつか端切《はぎ》れを買って、作ってみたい」

「巾着か。なら、色の綺麗な端切れがいるな」

「へえ。いつかお給金をいただけるようになったら、古着屋さんで端切れを買います」

「そうしなよ。何でもいい、目標があれば毎日が楽しくなるからな」

「それと……もう一つ」

「まだあるのか。今日はおやすにとって、随分といい日だったたじゃねえか」

「百足屋さんの、お小夜さまにお会いしました」

「おさよさま？」

「お嬢さまです。今度いらした」

「あ、おさきが言ってた妾腹の。へえぇ、それで、どんなだったんだい。美人だったかい」

「へえ。……牡丹《ぼたん》の花が咲いたように、お綺麗なお嬢さまでした」

でも、お転婆さんでした。やすは心の中でつけ加えた。振り袖で走りまわり、足袋のままで外に出て、絹の毬を地面についてしまう、そんなお嬢さまでした。

やすは、あの時のお小夜の言葉を思い出した。

仲良しになったの。

仲良し。

なぜか胸がふんわりと温かくなる。なんていい言葉なんだろう。仲良し。

今日は本当に、本当にいい日だった。

「そのお嬢さまにも、気に入って貰えるといいがなあ、よもぎ餅」

「きっと気に入っていただけます」

「けどそのお小夜さまってのは、江戸から連れて来たんじゃねえのかい。確か脇本陣の旦那さんは、江戸に別宅がおありなさったが。江戸の有名な菓子屋では、和三盆だっていくらでも使える。さっきの干菓子もおそらく、お嬢さまの江戸土産か何かだろう。江戸の上等な菓子を食べつけた舌に、うちで作るよもぎ餅なんぞが合うのかどうか」

「でも脇本陣の旦那様は、わざわざうちの大旦那様に頼んでよもぎ餅を分けて貰うほど気に入っていらっしゃいますよ。江戸の美味しいものを食べつけた方でも、紅屋のよもぎ餅なら美味しいと思うはず」

「まあしかし、お大尽のお姫さまってのは食が細い、餅菓子なんざ口にしないかもしれんしな」

お小夜さまに限ってそんなことはないだろう、とやすは笑い出しそうになるのを堪えた。あのお転婆さんなら、よもぎ餅を二つ三つ、ぺろりと平らげてしまいそうだ。

おたなさんは、お小夜さまが十七になる、と言っていたが、見た目はもっと幼い。というか華奢《きゃしゃ》だ。背丈もやすより低かったし、毬をつく手は子供のように小さかった。だが病弱ではなさそうだ。頬は桜色に輝いていたし、大きな目は生き生きとして、健やかだった。


勘平が台所の掃除をするのを手伝って、ようやく寝床に横になったのは子《ね》の刻《こく》も過ぎようかという真夜中だった。朝のよもぎ摘みから始まった一日はいつもに増して忙しく、からだはくたくただった。横になったらそのまま泥のように眠ってしまうだろうと思っていたのに、さて横になってみるとなぜか目が冴《さ》えて寝られない。

瞼《まぶた》を閉じると、鮮やかな色の振り袖を着たお小夜さまの姿が脳裏で動きまわり、お小夜さまが近くに寄った時に鼻腔を満たした、えもいわれぬよい香りが甦って来る。

あれが、お香、というものの香りなのだろうか。

　仕事を終えて家に帰る前のおさきさんから声をかけられた。百足屋でおたなさんに会えたかい。

　やすは正直に、お嬢さまから明日もおいでと言われました、と告げた。おさきさんは、ふん、とうなずいて言った。

「お嬢さまは、実はお気の毒な方らしいよ。歳の近いおやすと遊べば気晴らしにもなるだろうし、おゆるしが出たなら行って来たらいいよ」

　噂の通り、おさきさんは、おたなさんからお小夜さまのことをいろいろと聞いて知っていた。

噂の通り、お小夜さまは百足屋主人、治兵衛さんのお種で、母親は花街の出だそうだが、治兵衛さんが店からひいて黒門に囲って、お小夜さまが生まれた。だがその人は病気がちで、お小夜さまは通いで母親の世話をしていた爺《じい》や婆《ばあ》やに育てられ、行儀見習いも手習いも、先生を雇って家でされていたので、同じ年頃の娘と話す機会などなかったのだろうと言う。そして二年ほど前に母親が亡くなり、治兵衛さんはお小夜さまを引き取ろうとなさっていたが、治兵衛さんの奥方が臍《へそ》を曲げて承知しなかった。二年間、お小夜さまは黒門のお宅で年寄りと、ひっそりと過ごしていた。年が明けてようやく治兵衛さんの奥方のおゆるしが出て、お小夜さまは百足屋に引き取られた。

けれど奥方はお小夜さまを無視していて、未《いま》だに言葉もかけないでいるらしい。

「そりゃお寂しいよ。それでなくても子供同士で遊ぶこともほとんどなく育てられ、母親に死なれ、この二年はまるで蟄居《ちっきょ》でもさせられたみたいに家に閉じこめられて過ごして、あげくがまったく見ず知らずの家に引き取られて、継母からは疎《うと》まれて。お嬢さまにしてみたら、あんたの顔を見てどれだけ嬉しかったことか。そりゃ百足屋さんにも若い女衆は大勢いるけど、自分とこの奉公人じゃあ仲良しになるのは難しいからねえ。よその子ならば上も下もなく遊び相手にできるもんね。おやす、あんたはお嬢さまにとって、この世で初めて出来た、仲良しなのかもしれないよ」

この世で初めて出来た、仲良し。

仲良し。

それは、なんだか特別な人のことのようだ。けれど想《おも》い人、とはまた違う。

やすは、朝が来るのが待ち遠しかった。新しい日の訪れと共に、自分の人生にも新しい色が加わる、そんな気がしていた。

六　なべ先生

翌朝はやたらと早く目が覚めてしまった。鶏《にわとり》が時を告げるよりも早く寝床を起き出して、まだ薄暗い中をそっと歩いて井戸まで行き、冷たい水で顔を洗うとすっきりとする。

春の香りが日に日に強くなる。昨日よりも今日はいっそう、草の吐息が甘い。

やすはうきうきとした気分だった。それでなくても春から夏の初めにかけては大好きだけれど、昨日は特別に楽しいことばかりがあった。眠りに落ちる前に、すべてが夢で、起きたら全部なかったことになっていたらどうしよう、と怖かったくらいに。

水汲《みずく》みの途中で、起きて来た勘平《かんべい》とすれ違った。春が日に日に濃くなるように、勘平も日に日に、逞《たくま》しくなっていた。歳《とし》で言えば二つほど下、やすにとっては弟のような存在の勘平だが、ゆっくりとはいえ少しずつからだが大きくなっているようで、背もやすと並ぶと頭が同じところにある。いつも下を向いて勘平と話していたやすは、そんなことにも驚いてしまう。

毎日が同じことの繰り返しのようでいて、時は決して止まらず、昨日の自分には二度と戻れない。こうして春が深まる気配を楽しむ朝も、ぼうっとしていたらあっという間に過ぎ去ってしまうのだ。

やすは水汲みを終えると、台所の掃除に精を出した。今日もよもぎ餅《もち》作りの仕事があるので、他の仕事をできるだけ早く終わらせておかないと。

「おやすちゃん、あのお菓子、美味《うま》かったねえ」

勘平が薪《まき》の束を抱えて土間に戻って来た。土間には大きな竈《かまど》が並んでいて、宿屋ならではの大釜《おおがま》で飯を炊《た》く。

「あんなに美味《おい》しいお菓子を食べたの、生まれて初めてだ」

「わさんぼん、というお砂糖で作ってあるんだって」

「わさんぼん？　また食べたいなあ。おやすちゃん、今日も脇本陣《わきほんじん》に行くんだろう。貰《もら》って来ておくれよ」

「おねだりなんかできません。あれは百足屋《むかでや》の女中頭さんがくださったお駄賃なんだから」

「おやすちゃんはいいなあ、お遣いに行けて。大通りの店屋を覗《のぞ》いたり楽しいだろうなあ」

「勘ちゃんもお遣いに出して貰えばいいじゃないの」

「政《まさ》さんはおいらを外に出したくないんだ」

「あら、なんで？」

「おいらは鉄砲玉だから」

やすは笑い出した。なるほど、勘平は一度出かけるとなかなか戻って来ない。勘平は、何かに夢中になると自分がしていることを忘れてしまう癖がある。一度などは、朝のうちに遣いに出たまま夕刻まで戻らず、何か災難に巻き込まれたか、かどわかしにでもあったのではないかと大騒ぎになったのだが、日がすっかり暮れた頃《ころ》になってひょっこりと戻って来た。番頭さんと政さんにこっぴどく叱《しか》られて、翌日から七日の間、八つ時に菓子を食べることを禁じられた。が、いったい姿を消した間に何をしていたのかと問われたその答えが、遣いの帰りに烏《からす》が立木に巣を作っているのを見つけて眺めていたら面白くて、いつの間にか日が暮れていました、というものだったらしく、今でもその時のことが時おり皆の笑いの種になっている。普段は人一倍食い意地が張っていて始終腹が減ったと愚痴っているのに、そんな時にはお八つも夕餉《ゆうげ》も忘れてしまう、というのが、なんだかすごいなあ、とやすは思っている。そのくらいひとつのことに気を集めて没頭できるのであれば、いつか勘平はとんでもなく「大きなこと」をやり遂げるのかもしれない。

「勘ちゃんも、政さんに信用して貰えるように頑張らないとね。きちんと働いていれば、またいつか、お遣いにも行かせて貰えるわよ」

勘平は唇を尖《とが》らせて、それでも、うん、とうなずいた。

やすは勘平のことが可愛《かわい》い。本当の弟のように思えている。拗《す》ねた顔はまだまだ幼い。けれど勘平を可愛いと思うとその途端に、忘れていた悲しみが胸の奥から染み出して来る。

やすには弟がいた。腹違いで、三つ年下だった。やすを生んだ実の母親はお産で死んでしまったらしい。なのでやすにはまったく記憶も想《おも》い出《で》もない。やすが、おっかさん、として思い浮かべるのは父の後添え、弟の平吉《へいきち》の母親である、おきぬさん、である。とても優しいひとだった。が、平吉が二つになった春先に、流行《はや》り病《やまい》で呆気《あっけ》なく死んだ。父が荒れたのも無理はないことだった。先の女房はお産で、後添えにせっかく貰った新しい女房も瞬く間に亡くなって、神も仏もあるものか、とやけになった気持ちが、今はわかる。父は酒に溺《おぼ》れ、博打《ばくち》にのめり込んで借金まみれになり、万策尽きて、やすを売った。だがあの父が男手ひとつで平吉を育てられるはずもない。やすを女衒《ぜげん》に売り渡す前に、平吉はおきぬさんの里に貰われて行った。

平吉は元気にしているだろうか。おそらくはもう二度と会えないだろうと諦《あきら》めてはいるけれど、思い出してしまうと会いたくて会いたくて、会えない悲しさに胸が張り裂けそうになる。病弱だったおきぬさんの代わりに、平吉の世話はなんでもやった。おしめも替えたし、おぶってあやした。歩けるようになるとその小さな手をひいて歩いた。今でもやすの掌《てのひら》に、平吉のとても小さくて温かい手の温《ぬく》もりが残っている。おきぬさんによく似た、おのこなのに大きくて愛らしい目をした弟だった。酒に酔った父がやすを殴ったり蹴《け》ったりしている時には、まるで自分が痛い思いをしているかのように大きな声で泣いていた。父は平吉には手を出さなかった。父は父なりに、息子を大事に思っていたのだろう。

父は、弱い人間だったのだ。おきぬさんを失った悲しみに心が壊れてしまった。そして父は、やすの生みの母親のことも、父なりに大切に思っていたのだろう。だからこそ、生き残ったやすが憎らしかったのかもしれない。父が自分のことをどう思っていたのかは、あまり深く考えないようにしている。考えても辛《つら》くなるだけだし、多分もう一生顔を見ることもない男のことだから、考えても仕方がない。けれど、親だからと言われても、父に親孝行がしたい、とはどうしても思えないやすだった。そして、そんな自分を恥じてもいた。

紅屋《くれないや》に来るまでの人生は、もう、なかったこと、にするしかない。そうやすは思っている。だからどれほど平吉に会いたくても、その消息は自分からは一切たずねない覚悟だし、おきぬさんの里がどこにあるのかも、調べるつもりはなかった。どちらにしても、別れた時まだ平吉はやっと五つになったところで、姉の記憶などはもうすっかり頭から消えているだろう。

そんな思いがあるので、勘平のことがいっそう可愛い。

勘平はやすのように親に売られたわけではなく、商家の出だ。政さんの親戚《しんせき》で、小さいながらも堅実な商売をしている小間物問屋だそうだ。だが勘平は四男で、跡取りではない。大きな商売をしている店なら、長男に跡を継がせても他の息子たちに暖簾《のれん》を分けてやるくらいはできるのだろうが、あいにくとそれほどの商売ではないようで、次男は店に残ったが、三男と勘平はそれぞれ奉公に出された。将来のことを考えて、包丁一本で食いっぱぐれのない料理人にしたいと勘平の両親に頼まれて、政さんが大《おお》旦那様《だんなさま》に掛け合って紅屋での奉公が決まったらしい。だから政さんは、一日も早く勘平を一人前にしようと、勘平には厳しく教えている。それがやすは少しだけ羨《うらや》ましい。

紅屋に来た当初、勘平はよく泣いていた。政さんに怒られたり番頭さんに叱られたり、何かしくじって女中たちに罵《のの》られたり。そうでなくても、母親や実家が恋しくて、帰りたくて帰りたくて、めそめそと泣いていた。やすはそんな勘平の頭を抱いて、そっと撫《な》でてやるのが好きだった。だがいつの間にか、勘平は、気やすく頭を抱いてあげられる相手ではなくなってしまった。もうじき声も変わり、足の毛なども濃くなって、そのうちには背も追い越されてしまうだろう。そのことを思うと、やすは寂しくて辛くなる。

泊まり客がすべて出立し、朝餉《あさげ》の後片づけも終わったところで、やすは背負い籠《かご》をしょって小走りに紅屋を出た。今日は昨日よりもたくさんよもぎ餅を作るので、よもぎも倍ほど必要だ。

山に登る小道はあまり人が通らないので、春の草が道を覆うように生えている。その草を踏みつけて歩くと、くるぶしのあたりに草の先っぽが当たってくすぐったい。せっかく伸びようとしている草を踏むのは気の毒だと思うけれど、踏まずに歩こうとするとあちこちに足を出さねばならず、よたよたとして遅くなる。ごめんね、とやすは心の中で草に謝った。

息を切らして小さな峠《とうげ》を越え、横道に入って、秘密の場所に出た。一面のよもぎの原だが、昨日摘んだあたりだけ色が違って見えている。やすは腰を落とし、一心不乱によもぎを摘んだ。

ほんの少しだけ、期待をしていた。あの絵師様が、今日もここに来てくださるのでは、と。

けれどそれは、期待通りになったらよし、ならなくてもよし、というほどの淡い期待である。脇本陣《わきほんじん》に逗留《とうりゅう》されるほどの絵師様と、たった一度でも言葉を交わし、下絵までいただいた。それだけで充分なのだ。やすのいつもの日々にとっては、それだけで特別なことだった。宿屋のお勝手で働く他には、やすの日々には何もなかった。知っている人はすべて紅屋で働く人と紅屋にゆかりのある人々。一日中、一年中働き通しで、藪入《やぶい》りに帰る実家すらないので、盆も正月も働いている。それはやすにとって苦労ではない。働くことは好きだし、楽しいことも多い。だが、一晩、二晩と泊まっては出立して行く旅の人を眺めながら、その人たちがどこから来てどこへ行くのかを思うと、自分が知らない世の中の大きさに憧《あこが》れのような気持ちを抱いてしまうことがあった。絵師様はやすにとって、そうした、知らない世の中と繋《つな》がっている人なのである。絵師様と言葉を交わしたことで、やすは、新しい風に吹かれたような、うっすらと鳥肌が立つような、凜《りん》とした心持ちになれたのだった。

よもぎをあらかた摘み終えて、やすは、望みが叶《かな》わなかったことに少し失望し、そして逆に安堵《あんど》もしながら腰を伸ばした。頑張って摘んだので、思いの外早く籠がいっぱいになった。山を降りたら、毎春なずなが生える畔《あぜ》に寄ってみよう。冬の寒さを越えたなずなの葉は甘い。

腰をとんとん叩《たた》いて、地面におろしてあった籠を背負おうと振り向いたところで、やすは、あっ、と声をあげた。

昨日の絵師様が、にこにこと笑顔で立っていた。

「やあ」

絵師様は気さくに片手をあげた。

「今日もよもぎ摘みかい」

「へ、へい」

やすは反射的に深々とお辞儀をしてしまった。絵師様は朗らかに笑う。

「よしておくれ、わたしはお侍でもお役人でもありませんよ。あなたと同じ町人だ。そんなにお辞儀をされては居心地が悪い」

「す、すみません」

「おや、もう籠が一杯だ。帰るところなの？」

「へい」

「それは残念だな。もしかしてまたあなたとお話ができるんじゃないかと思って来てみたんですが。やはりもう少し早起きをしないといけませんね。どうもね、絵師なんてものは夜も昼もない、思い立ったら真夜中でも仕事をしていたりするので、朝もおてんとうさまがとうにお空の高いところに上ってからようやく起き出したりね、恥ずかしい話です。でも、どうかな、ほんの一時、また海を眺めながらお話ししませんか」

「あの、でも……」

「紅屋の皆さんは奉公人に優しいと聞いてますよ。ちょっとぐらいならいいでしょう。ね」

　絵師様はやすの返事を待たずに張り出した岩棚のほうへと歩いて行き、昨日と同じように海を前に座りこんだ。

「ああ、ここは本当に気持ちがいいなあ。春の海というのもいいものだね。なんだか波までがゆったりとして、眠そうだ」

　やすは、胸の高鳴りをおさえるように掌を当て、絵師様の隣りにそっと座った。

「そうそう、食べましたよ、よもぎ餅。昨日、あれから一日中ぶらぶらして、夕刻に戻ったところ、百足屋の旦那さんがご馳走《ちそう》してくれたんです。毎年これが楽しみで、紅屋さんに無理言ってわけて貰っているんだって。いやあ、美味かった。あんなに美味いよもぎ餅を食べたのは初めてです。あれなら江戸の菓子屋にも負けやしない。あんな美味い菓子を、菓子屋でも料理屋でもなく宿屋で出すんだから、紅屋さんが繁盛するのもわかります」

「毎年、よもぎ餅作りはわたしらもみんな楽しみにしています」

「そうやって毎日新しいよもぎを摘み、毎日餅をつくなんて、かなりの手間でしょう」

「へえ、けれどわたしらも、お八つにいただけるのが本当に楽しみで」

言ってしまってから、やすは恥ずかしさに頰《ほお》を赤くした。食い意地の張った子だと思われてしまう。けれど絵師様はまた高らかに笑った。

「なるほど、紅屋さんは奉公人を使うのがお上手だ。自分たちが食べられるんだから、少しぐらい手間が増えてもよもぎ餅作りは苦にならない。その上に宿の名物になって客も増える。しかも、自分たちが食べるなら少しでも美味しいものをと工夫するだろうから、自然と美味い餅になる。いや、百足屋さんでは、紅屋さんは奉公人に甘過ぎると悪く言う人もいるんです。しかしよもぎ餅の話を聞くと、紅屋さんは奉公人を甘やかしているのではなく、やる気を起こさせているのだなとわかりました。ま、商売のやり方というのは様々で、一概にどれが正しいとは言えないけれど、宿屋のように女中さんの態度が直接評判に結びつくような商売では、やる気があるかないか、はとても大事だ。厳しく躾《しつ》けるばかりが得策ではなさそうです」

「百足屋さんは紅屋よりずっと大きいですから。大きくて奉公人もたくさんいて、お客さんも多いとなれば、少々きつくしないとうまくいかないかと……」

　絵師様は、面白いものを見た、という顔でやすを見つめた。

「あなたは利発な方ですね」

「そんな、とんでもない」

「えっと……おやすさん、でしたね。なるほど、お嬢さんが気に入ったのはわかる気がします」

「……お嬢さま……お小夜《さよ》さまのことですか」

「ええ、そう、お小夜さん。お小夜さんがとても嬉《うれ》しそうに、紅屋のおやすちゃんと仲良しになったの、と言ってましたよ」

「お綺麗《きれい》なお嬢さまですね」

「そうだね、雛《ひな》人形みたいに綺麗な顔をしたひとです。しかし、どう描《か》いたらいいものか困っていたんですよ。だってあんなに綺麗な顔をしているのに、中身はとてもお転婆《てんば》さんで、お行儀も良いとは言えないし、でもそれがあのひとの魅力なんです。あの顔をそのまま描いたのでは、あのお嬢さんの本当のところが表せない。そこを表すのが絵師なんだが、さてそれにはどうやって描いたらいいものかとね。ところが昨日、お小夜さんはあなたと仲良しになったことがよほど嬉しかったのか、わたしの顔を見るなりそのことを話してくれたんです。あなたのことを話している時、お小夜さんは、それまで見たことのないような生き生きとした顔をしていて、ああこれがこのひとの本当なんだ、と思いました」

「本当……人の、本当」

「人は誰《だれ》でも大人になるにつれて、本当の自分を隠すようになる。お小夜さんは気の毒な育ちで、同じ年頃《としごろ》の子供と遊んだこともなく、年寄りや大人たちに囲まれて育った。特に母上が亡くなられてからは、こちらに引き取られるのかそうでないのかわからないまま、外にもろくに出られずに暮らしていたようです。そんな中でお小夜さんは、本当の自分を隠して外に出さない術《すべ》を早く身に付けてしまった。それがあなたと知りあって仲良しになれて、心の鎧《よろい》が少し脱げたのかもしれない。……いや、お嬢さんは鎧は着ませんね」

ははは、と笑いながら、絵師様は目を細めて海の遠くを見つめていた。

「人の心は、この海のようにころころと変わる。今は穏やかな春の海、のたりのたりと眠たそうです。しかし時化《しけ》ればこの海が荒れて手のつけられない凶悪さを見せる。船も人も呑《の》み込んでしまう、残忍な海になる。そしてそのどちらもが海なんです。どちらが正しくどちらが間違っているわけでもない。わたしは絵師として、そんな様々な面を一枚の絵に描きたいんです。この穏やかな海を描きつつも、見る者の心に嵐《あらし》の光景を想像させたい。絵とは、わたしにとってそういうものなんです」

やすは、絵師様の言葉の意味を正しく理解出来たとは思わなかった。考えようとしたけれど、自分には難し過ぎると思った。けれどなぜなのか、絵師様が話しているその声の調子、言葉の響きは、とても綺麗だ、と感じた。だからきっと、今この人が話してくれたことは、本当、なんだ。この人の心にあることがそのまま、隠されずに現れた言葉なんだ。やすは半ばうっとりとして目を閉じた。

「この世は今、狂いかけている」

やすは、はっ、と目を開けて絵師様を見つめた。

「黒船があの海の向こうからやって来て、まどろんでいたこの国を揺さぶった。おやすさんは、黒船来航の時、もう品川《しながわ》宿にいたんですよね？」

「へえ。……大変な騒ぎになったです」

「あれからまだ、たったの二年。しかしこの二年で、世の中は随分と変わってしまった」

「去年は地震もありました」

「そうでしたね、駿河《するが》や紀州《きしゅう》に大きな地震が次々と起こった。元号が安政《あんせい》と変えられたのも、黒船来航以降天変地異が続いていて、そうした災厄を祓《はら》う為《ため》です。しかし、こんなことは大きな声では言えないが、わたしはね、災厄はまだまだ続くと思っています。何か……説明するのは難しいが、何か大きなうねりのようなものが、この国を襲っているんです。このうねりを乗り越えた先には、新しい世が待っている。しかし無事に乗り越えられるかどうかわかりません」

やすはぶるっと身震いした。絵師様は怖いことをおっしゃる。

「この美しい海を、空を描きつつも、そこにそうしたうねりの存在を表したい。それが今のわたしの野望です。しかしどうやったらそうした絵が描けるのか、まだわたしにはわからない。絵師としては、わたしは今、濃い霧の中にいる。呑気《のんき》に百足屋さんに居候して、お嬢さんの絵なぞ描いていていいものなのか……まあしかし、わたしは今、無一文なのです。絵具すら満足に買うことが出来ません。百足屋さんにごやっかいになっていれば、朝夕の飯もたっぷりと食べられて、絵具も紙も好きなだけ使えます。その御礼に美しいお小夜さんの絵を何枚か描けばいい。結局、そんなうまい仕事を断ることは出来なかった」

絵師様は、ふう、と言って肩を上げ下げした。

「あのう」

やすはおずおずと言った。

「お名前は……絵師様は、お名前を何とおっしゃるのですか」

「あれ、わたしはまだ名乗っていませんでしたか」

絵師様は笑った。

「それは失敬。いやしかし、そうか困ったな」

「は？」

「わたしには今、名前がないのですよ」

「え、ええっ？」

やすは驚いた。名前のない人がこの世にいるとは思っていなかった。

「ははは、いやもちろん、親がつけてくれた名前はあります。ありますが、絵師というのは普通、それとは別の名前を名乗るのです。号、などと呼ばれ、自分が描いた絵にはその号を入れたりします。実は一昨年まで、わたしはわたしが養子に入った先の絵師の名字をいただき、坪山洞郁《つぼやまとういく》と名乗っていました。それがね」

絵師様は苦笑いして頭をかいた。

「わたしの不行跡のせいで、坪山家を追い出されてしまったのですよ」

「あら……まあ」

「それで今、わたしには名前がないのです。まあこの際なので、もともとの父の姓である河鍋《かわなべ》を名乗ることにしようと思うのですが、さて呼名のほうを何としようかと。洞郁は坪山に合わせてつけた号ですから、今さら河鍋洞郁と名乗るのもしっくり来ない。何かこう、気が利いていてわたしらしくて、わたしの絵になじむ名前をつけたいと考えているのですが、なかなかいい名前が思い浮かばない」

「……はあ」

やすにとって、名前とは、もともと自分についているもの、だった。新しい名前を自分につける、などとは考えたこともなかった。

「でも……それでは何とお呼びすればよろしいのでしょうか」

「それは好きなように呼んで貰って構いませんよ。百足屋の旦那さんは以前の号、洞郁、を使ってますね。洞郁先生、洞郁様。先生も様も、絵師ごときがつけていただくのはもったいない敬称ですが」

けいしょう、とは何だろう。絵師様のお話には、時折り、やすの知らない言葉が混ざる。

「そうだ、なべ、と呼んでくださいよ」

「な、なべ！」

「河鍋の鍋《なべ》、です。なべ、なかなかわたしに似合いの呼名だ」

「なべ……先生……？」

「ただのなべでいいです。先生などとつけなくても」

「そんな……無理です」

やすは首を横に振った。

「なべ、なんて呼び捨てになんぞ出来ません。先生、つけていいですか」

「絵師は職人と同じなんですよ。先生、というのはおかしいなあ。しかし、まあいいです。つけたければどうぞ。そのうちいい名前を思いついたら教えます」

「へい、なべ先生」

やすは立ち上がった。

「そろそろ戻らないとよもぎ餅を作るのが遅くなってしまいます」

「今日はたくさん届けてくれるんでしょう？　百足屋の旦那さんがとても楽しみにしてますよ」

「八つ時までにはお届けいたします」

やすはお辞儀をし、籠を背負った。

「おやすさん、餅と一緒にあなたも来てくださいよ。お小夜さんが待ってますから。今日はあなたとお小夜さんが遊んでいるところを下絵に描かせていただくつもりでいます。お小夜さんは、おやすさんと一緒だときっととてもいい顔になるだろうから」

へい、と答えて山を降りたが、よもぎ餅を届けるのが誰になるかは政さん次第である。

それでもやすは、また百足屋に行ってお小夜さまに会えるかも、と思うと気持ちが浮き立った。

それにしても、なべ先生とは。変なお人だわ、あの絵師様。その上、なんだか怖いことを話していらした。今の世は、狂っている？

七　おしげさんのお粥

嘉永《かえい》から安政に変わって、ひとまず地震もおさまった。黒船に乗って来たぺりい様という方は、一度お国へ帰ったのに半年ほどでまたやって来て、無理矢理にめりけんと商売をするように決めてしまったそうだが、あちらのお人たちは皆が噂《うわさ》していたほどには乱暴でも怖くもないようで、横浜村《よこはまむら》はめりけんのおかげでたいそう賑《にぎ》わっていると聞く。黒船が大砲を撃った時には、いよいよみんな殺されて、この国はめりけんやえげれすのものになってしまうのか、と泣いていた人もいたけれど、どうやらそれほどひどいことにはならずに済みそうだ。確かに何やら騒がしい世ではあるけれど、狂っている、というほどおかしいとは思えない。お江戸の公方《くぼう》様はおからだがあまり丈夫ではないとの噂があるけれど、そのうちにはご正室を娶《めと》られて、世も落ち着くだろうとおさきさんが言っていた。

なべ先生は、わたしを脅かしたのだろう。

やすは帰り道、なずなが群れて生えている畔を通り、白い小さな花をつけたなずなを摘んだ。

紅屋に戻っておまきさんになずなを見せると、おまきさんは喜んだ。

「今夜のおかずに、なずなのおひたしをつけようね。おやす、根をちぎってよく洗っておいとくれ」

夕餉の下ごしらえとよもぎ餅作りを同時に行うと、台所はてんてこまいになる。それでも誰ひとり文句を言わず、むしろ楽しげに働いてしまうのだから、なべ先生が言ったように、紅屋は奉公人の使い方が上手、ということなのかもしれない。

「あら、なずな」

おさきさんが、やすが洗っているなずなに目を止めた。

「おまきさんは、それで何を作るって？」

「おひたしにすると言ってました」

「じゃ、政さんにそう伝えないとね。ところでね、それ、たくさんあるみたいだけど」

「いっぱい摘んで来ました」

「夕餉の時に、お粥《かゆ》を一人分、炊きたいのよ。それにちょっと混ぜてやったら、七草みたいでからだにいいんじゃないかね」

「なずなはとてもからだにいいと、政さんも言ってました。お粥、おさきさんの分ですか？　お腹《なか》でも悪くされたんですか」

「あたしじゃないの。ちょっとね……部屋付き女中のおしげさんがさ、ここんとこどうも胃の腑《ふ》の調子がおかしいんだって。食欲もないし、お粥しか食べたくないって言うから」

鬼の霍乱《かくらん》、という言葉が頭をよぎって、やすは笑いを堪《こら》えた。部屋付き女中頭のおしげさんは、いつも怒ったような顔をして小言ばかり言っている人だ。嫌いというほどではないけれど、おしげさんに怒られると怖くて背中が縮んでしまう。けれど、おだやかな顔をしていると、とても品の良い綺麗なひとでもあった。

笑うなんて、いけない、いけない。誰かの不幸を笑うような不届き者は、いつか自分がもっとひどい目に遭う。やすは反省し、摘んで来たなずなの中からとびきり柔らかそうな、伸びたばかりのものを選んだ。胃の腑が弱っている時には、とにかく柔らかいものを食べないと。

よもぎ餅は昼時には出来上がった。紅屋では、お客様の朝餉の片づけが終わってから手の空いた者から朝飯を食べるので、昼には食事を摂《と》らず、代わりにお八つをいただくのが習わしだった。けれど出来立てのよもぎ餅を八つ時まで我慢するなどは無理な話。よもぎ餅ができた、と聞きつけた奉公人が次々に台所にやって来て、餅を頬ばっている。やすは、夕餉の下ごしらえを終えて餅を丸める手伝いをしていたが、そのうちに茶をいれる係となっていた。

ひと通り餅を配った頃に、おしげさんが顔を見せた。

「あたしはお茶だけでいいよ」

おしげさんは、いつもの仏頂面をいっそうしかめ面にして言った。

「お餅は胃の腑に重たそうだから、やめとくよ」

「昨日も食べてないじゃないの、あんた」

おさきさんが心配そうに言う。

「お医者には診《み》て貰ったのかい」

「細川《ほそかわ》の先生に診ていただいたけど、特に悪いところはないってさ」

「だって胃が痛むんだろ」

「胃の腑は少し弱っているけど、病気じゃなくて気の弱りだって」

「気の弱り？」

おさきさんが笑った。

「あんたでも気を病むなんてことがあるのかい」

「あたしにだって悩み事くらいはありますよ」

茶をすすって、おしげさんは、ふう、と溜《た》め息《いき》を吐《つ》いた。

「いやだ、あんたらしくもないね、溜め息なんか吐いて。あたしで何か役に立つことがあるんなら、言ってくれれば何でもしたげるよ。お金貸して、って言われても無理だけど、他のことなら言ってごらんよ」

「ありがとう。でもねえ、こればっかりは、他人様《ひとさま》に手伝って貰って何とかなるってもんでもないのよ」

おしげさんは、また溜め息を吐いた。

「千吉《せんきち》のことなのよ」

おしげさんは独り者だが、住み込みではなく、おさきさん同様品川のはずれの長屋で弟さんと暮らしている。千吉、というのはその弟さんの名前だった。時たま紅屋に顔を出すので、やすも顔は知っている。

「おや、千吉さんがどうかしたの」

「あれももう二十一、そろそろ嫁を貰ってもいい頃だと思ってさ、あちこちからいいお話をいただいて、見合いの一つもさせようとしたんだけど、まだ早い、まだ嫁はいらないって言い張ってて。姉のあたしが言うのもなんだけど、千吉は見た目もそう悪くない、飾り職人としての腕だって親方が跡取りにしようかってくらい、そこそこたつんだよ」

「知ってるわよ、うん、千吉さんは男前だし、真面目《まじめ》だし。頼まれたら知り合いの娘さんを紹介しようかってくらいだよ」

「でしょう？　なのにどうしても嫁を貰おうとしないんで、もしかしたらどこかに好きな娘さんでもいるのかと思ってさ、そういうひとがいるんならぜひ打ち明けておくれ、少々のことだったらあたしがなんとかして、あんたの思いを遂げさせてやるから、って言ったのよ。そうしたら、さあ」

おしげさんの溜め息が止まらない。

「なんと驚いたことにね、千吉ったら、芸者に惚《ほ》れちゃってたのさ」

「あれま」

おさきさんが、齧《かじ》りかけのよもぎ餅を手にしたまま、驚いた顔になった。

「あの真面目な千吉さんが、なんだって芸者に」

「千吉が作るかんざしは、品川の芸者の間で評判らしいの。それで直接工房の作業場に来ては、自分の好みのかんざしを注文する芸妓《げいぎ》が多いんだって。藤奴《ふじやっこ》なら、名前の藤にちなんで藤の花房飾りをつけてくれとか、自分には赤が似合うから、赤い色ののので細工してくれとか、ってね」

「ああ、それで。で、なんていう芸者なの。まさか梅吉《うめきち》さんとか言わないでよ」

梅吉さん、は、やすでも名前を知っている、当代品川遊廓の三本指には入る名芸者だ。

おしげさんは、ようやく、あはは、と笑った。

「まさか千吉だって、そこまで身の程知らずじゃないよ。いっそそんな高嶺《たかね》の花なら、ただの憧れだと諦めてくれるんだろうけどねえ。そこがどうにも、微妙でさ。春太郎《はるたろう》、って名で出てる、襟替えが済んだばかりの若い芸者なのよ。でもめきめき売れ出してるらしくってね、このままだと直《じき》に、もう口もきけないくらいの遠いところに行っちまうって、千吉はふさぎこんじまって。相手が売れっ子だろうとお茶っぴきだろうと、芸者なんか身請けするおあしはどこにもないんだから、悩んだって無駄なんだけど」

「襟替えが済んだばっかりじゃあ、どんなお茶っぴきだって置屋が手放しゃしないよね。これから稼いで貰わなくちゃなんないんだから。しかもあの千吉さんが惚れるくらいだから、そりゃ綺麗なひとなんだろうし。いったん評判になったら、あっという間に浮世絵に描かれて、あたしらの稼ぎじゃお座敷ひとつあがるのは無理だねえ。まして身請けなんざ」

「そう言って聞かせて、千吉だってわかっちゃいるんだよ。わかっちゃいるけど、それが惚れたはれた、恋の病につける薬なしってね……」

「惚れたはれたって……千吉さんの片思いじゃないのかい！　その春太郎って芸者も、千吉さんに！」

おしげさんは、指一本を唇の前に立てた。

「大きな声はよしとくれ。芸者にちょっかい出したなんて知られたら、千吉が妓楼《ぎろう》の奴《やつ》に何されるかわかったもんじゃない。けどね、千吉が言うには、春太郎も自分のことを好いてくれている、なんとかして一緒になりたい、ってね……」

「ふうん」

おさきさんは、餅を口に押し込んでもぐもぐと噛《か》んだ。

「まさかとは思うけど、千吉さん、その春太郎って芸者にたぶらかされてるんじゃ……」

「まだ親方にもなってない飾り職人をたぶらかしてどうするってのさ。うちには金目のものなんかなんにもないよ。あたしの給金と千吉の稼ぎを足したって、かんざしの一つも買ってやれやしない。まあかんざしで済むんなら、千吉が作ってやればいいんだけどね」

おしげさんの笑いは、なんとも力なく情けなかった。

「いっそ千吉の片思い、勘違いだったらいいんだよ。それならそのうちにこっぴどく振られて目も覚める。やっかいなのは、千吉の言う通りふたりが好き合ってた場合なんだよ。それでなくても千吉は真面目で一本気、思いこんだらてこでも動かない頑固さもある。職人としちゃ、そういう気質は役に立つけど、色恋でそんな一本気はろくなことにならない。妓楼に知られて半殺しにされるか、もっと悪いと……」

おしげさんは、ぶるる、と身を震わせた。

「身内に心中ものなんか出したらあたしだって、もうここでは働けない。何より、千吉とふたり、ここまでなんとか生きて来たのに、その千吉が芸者と死んじまったりしたら、あたしも生きる気力なんざ残りゃしない。考え出すと悪いほうへ悪いほうへと考えちまって、夜も眠れないんだよ……」

空になった茶碗《ちゃわん》に茶を注《つ》ぐと、おしげさんはそれをぐいっと飲み干した。まだそこそこ熱いはずなのに、喉《のど》を通る熱さささえろくに感じられないほど、おしげさんの心は乱れている。

やすはその場を離れ、布巾《ふきん》をかけた餡《あん》箱から、小皿に少しあんこをとった。茶碗に葛粉《くずこ》を少し入れ、湯をちょっとずつ注いで葛湯を作る。そこにあんこを入れて混ぜ、最後に、よもぎ餅に使った蒸して刻んだよもぎの葉をほんのひとつまみ、載せた。

空の茶碗を手にしたまま、しかめ面で座っているおしげさんのところに戻り、葛湯の茶碗を差し出した。

「なんだい?」

「よもぎ葛湯です」

「よもぎ葛?」

「思いつきで作ってみました。せっかくのよもぎ餅が食べられないんじゃ、春の楽しみが減ってしまいます。餅は胃に重たいけれど、葛だったら胃に優しいんじゃないかと思って」

おしげさんは茶碗を受け取った。

「あら、よもぎのいい香り。この色は、あんこかい」

やすが箸《はし》を差し出すと、おしげさんは箸の先でそっと葛湯をかきまぜ、少し口に運んだ。

「……甘いよ。重湯に砂糖を溶かしたものを、病み上がりにいただいたことがあるけれど……なるほどねえ、これは餅がなくてもよもぎ餅の風味が味わえる」

「あら、美味しそう」

「おさきさんも召し上がりますか。あんこはまだたくさんあるので、作りますけど」

「うん、作ってちょうだい」

やすが作って戻ると、おまきさんや勘平がおしげさんの茶碗を覗きこんでいた。やすはおさきさんの分を手渡すとすぐにまた、よもぎ葛湯を作って配った。いつの間にか、台所にいた奉公人が皆集まって来て、よもぎ葛湯を飲んでいる。

「おやすは、いろんなことを思いつくんだねえ」

おしげさんが、感心した、という声で言った。

「政さんが可愛がるのもわかるねえ」

「けどこれは、寒い朝にお客さんに出したら喜ばれそうだね」

「へえ、冬には柚子《ゆず》を使ったり抹茶を溶いたり、もう少ししたら塩漬けの桜でやっても美味しいと思います」

「柚子……それはいい香りだろうけれど、柚子の皮をすって混ぜるの？」

「それでもいいですけど、どうせ甘い味をつけるのに砂糖を使うなら、柚子の皮を砂糖に漬けておいて、その皮を刻んで混ぜたら甘くて美味しいと思います。抹茶には砂糖をそのまま、桜漬けはよもぎと同じにあんこを溶いて……」

得意げに喋《しゃべ》ってしまって、やすは不意に恥ずかしくなって言葉を切った。

「……すみません。出しゃばりました……」

「料理のことならいくらでも出しゃばればいい」

いつの間にか来ていた政さんが、ゆったりとした口調で言った。

「この台所では、料理のことなら誰が何を言っても俺が聞いてやるよ。みんなが思いついたことを試してみて、そこから新しい料理が出来上がるかもしれない。この品川も宿が増えて、紅屋のような平宿では、客に贔屓《ひいき》にして貰うには美味い飯を出すか、新しい布団をあつらえるかしないとならないが、布団を全部あつらえたらかかりが大変なことになる。けれど美味い飯なら、工夫次第でいくらでも出せる。工夫ってのは、考える頭の数が多いほどいい。みんなで考えてくれれば、俺の足りない頭だけで知恵を絞り出すよりもずっといい工夫ができる」

「ま、ここは政さんのお城だからね、城主の政さんが好きなようにしたらいいよ」

おしげさんは、いつになく優しい口調で言った。

「けどね、部屋のことはあたしの領分。新しい布団をあつらえることは出来なくたって、部屋のことも工夫のしどころはあるのさ。だけどそれには、女中の躾けがいちばん大事なんだよ。目新しいことをいくらしたって、女中の躾けが出来てなければ意味がない。宿に泊まる楽しみは、もちろん美味い晩飯もあるけれど、何よりもさ、疲れた身をいたわってくれ、お殿様の気分にさせてくれる女中の態度なんだよ。泊まっている間はお殿様。たったひと晩でもお大名。そんな気分にさせてあげるには、御殿女中のように厳しく躾けられた、態度の綺麗な女中が必要なんだ。部屋付き女中たちがあたしのこと、小うるさいばばあだと罵ってたって構わない。あたしの勝負どころはそこだからね」

態度の綺麗な女中。

その言葉が、やすの心に残った。部屋付きの女中だけでなく、お勝手で働く女中にも、態度の綺麗な、ということはあるのだろうか。

あるとしたら、と、やすは考える。それはどんな「態度」なのだろう。

料理する材料、野菜や豆腐、魚に対する態度。

料理する道具、鍋や包丁、あるいは盛りつける器に対する態度。

そして。

食べてくれる人に対する、態度。

それらを綺麗にするには、どうしたらいいのだろう。

やすは、朝餉の時に大量に作ってある出汁《だし》を小鍋にとった。焼津《やいづ》の鰹節《かつおぶし》を薄く薄くかいて、それを惜しげもなく大量に使ってとった、政さん自慢の出汁である。そこに醤油《しょうゆ》を足し、味をみてから、葛を入れた。金色に見える葛あんが出来た。

「それをどうしようと言うんだい」

背中から政さんが小鍋を覗きこむ。

「夕餉に玉子の蒸し物でも出そうってのか。今夜の献立はもう決まってるぞ。何か思いついて練習がしたいなら続けていいが」

「へい……お粥にこれをかけたら、どうかな、と」

「お粥？」

「おさきさんが、おしげさんにお粥を作りたいと言ってたんです」

「おしげはそんなに胃が悪いのか」

「……お医者様の見立てでは、胃の病ではないようです。おしげさん、最近心配事があるみたいで、それで胃が疲れてしまったんだと。でもさっき、あんこを葛湯に溶いたものは美味しそうに食べてたんで、葛を使えばお粥も食べやすいかな、と」

「おやす、その葛あんをなんと言うか知ってるか」

「……このあんに、名前があるんですか」

「それはべっこうあん、と言うんだ。おまえ、べっこうを見たことがあるかい」

「へい、お泊まりになったご新造さんが、おぐしにべっこうの櫛《くし》をさしてらして、綺麗だなあと見とれていたら、これは亀《かめ》の甲《こう》なのよ、と。わたしびっくりしてしまいました。亀の甲が、どうしたらあんなに綺麗なものになるんでしょう」

「はは、べっこう、ってのは亀の中でも特別な亀なんだよ。もともと普通にいる海亀とは甲の色が違うんだ。と言っても俺だって、生きてるべっこう亀なんざ見たことがないけどな。その、醬油と出汁の葛あんは、べっこうと色が似ているからべっこうあん。上方で使う色の薄い醬油で作ると、色のない、銀あんになる。それにしてもおやす、お粥に葛あんをかけるなんて、誰から教えて貰ったんだい？」

「誰からも教えて貰いません。今さっき、思いついたんです。なずなはからだにいいそうなので、なずなを刻んでお粥に入れようと思うんですが、それだとどうしても、刻んだなずなのつぶがひっかかって、喉の通りが悪いんじゃないかしら、と。葛あんをかけて食べれば、するんと喉を通るので食べやすいし、醬油の味で食欲も出るかなあ、と……」

　政さんは、腕組みをしてやすの顔を見つめている。やすはなんとなく気恥ずかしくなって下を向いた。

「すみません……わたしまた、出しゃばりました」

「おやす、さっきも言ったじゃないか。料理のことならいくらでも出しゃばっていい、思いついたことは何でも試していいって」

政さんは、手近の空き樽《だる》に腰をおろした。政さんが樽に座る時は、何か大切なことを言いたい時だ。

「おまえも何となく感じているだろうが、黒船以来世の中は、これまでとは違った速さで動いている。大御所様が天下を取る以前から、南蛮《なんばん》の人々はこの国にやって来ていたし、長崎には南蛮人の町があり、南蛮の料理の影響は江戸の料理にも及んでいるけれど、黒船は南蛮から来たんじゃねえ、まったく知らない国から来た船だ。今では下田《しもだ》と箱館《はこだて》が、めりけんの船を受け入れて、横浜村からこの品川あたりにも、渡来人がやって来るようになった。すでに横浜村では、めりけんの料理を出す料理屋が出来ているなんて噂も聞いた。俺は感じるんだ。料理もどんどん変わっていくに違いない、その流れに取り残されたら、これからの世の中ではやっていかれねえ、ってな。おやす、おまえには特別なもんがある。おまえの鼻は誰よりもよく匂《にお》いを嗅《か》ぎ分けるが、おまえの才は鼻だけじゃない。あれとあれを組み合わせるとどうなるか、あれとこれを足したらどうなるか、そうしたことを頭ん中で組み立てて、きっと美味いに違いねえ、と見当がつけられる、それが何よりもおまえの才なんだよ」

政さんは立ち上がった。

「そして何より大事なことは、おまえが粥に葛あんをかけようと思いついた時、おまえが考えていたのはそれを食べるおしげのことだった、そのことだ。食欲がないおしげが食べられるように、できるだけ喉の通りがいいようにと工夫する。料理ってのは、それを食べる人を思う気持ちで育つんだ。ただの粥が、よりからだにいいようにとなずな粥になり、より食べやすいようにとそこに葛あんがかかる。そうやって料理が育っていく。おやす、おまえはその気持ちをずっと忘れず、何かに迷った時はいつも、そこから考えるようにするんだ。そこから離れてしまうと、料理人の身勝手な見栄《みえ》ばかりが詰まった、見栄《みば》えはするが口に入れると気持ちが冷めてしまうような料理を作るようになる。俺はおまえさんに、そんな冷たい料理しか作れない料理人になってほしくない」

政さんはいつものように、やすの頭を少し乱暴に撫でた。

やすは、少し不思議な気持ちになっていた。政さんはまるで、やすがいつの日か包丁一本の料理人になるかのような言い方をした。そんなことは有り得ないのに。そんな日は来ないのに。

でも政さんの言葉を聞いていると、いつかそんな日がやって来るような気になってくる。政さんはきっと、やすが女だということを忘れているのだ。まるで勘平を諭すように話してくれていた。そう、きっと勘ちゃんにはいつも、政さんはこんなふうに、いつか一人前の料理人になる日の為にと大切なことを話しているのだろう。

たとえ自分にはそんな日は来なくても、政さんの言葉は心に染みて、なんだか勇気がわいて来る。それだけでいい。それだけでも、随分と得をした気分だもの。

❖

平箱に綺麗に並べられたよもぎ餅は、全部で百個もあった。二十五個ずつの箱が四つ。百足屋さんから頼まれたのは五十個なのだが、紅屋の大旦那様からの言いつけで倍も作った。百足屋さんからいただくお代は五十個分、残り半分は、奉公人にも食べさせてやってください、との文がつけられた贈り物である。こういうことをするから、紅屋は奉公人に甘い、と言われるのだろう。そしてそれは、おそらく褒め言葉なのだ。

「これはおやすには持って行けないねえ」

おさきさんが、ちょっとからかうように言う。

「せっかくお小夜お嬢さまに誘われているのに、残念だねえ」

「持てます」

やすは必死で言った。

「けっして落としません。全部お運びいたします」

おさきさんは笑って、勘平を手招きした。

「政さんにはおゆるしを貰ってあるから、勘平、あんたその餅をおやすと一緒に脇本陣へ届けておくれ」

勘平は小躍りして歓《よろこ》び、全部自分が運ぶと頑張ったが、背負うと餅が下に寄ってしまうので、重ねた平箱を風呂敷《ふろしき》で包んで首から提げ、傾かないように手で支えて運ぶことになった。三箱を勘平が、一箱をやすが首から提げた。

「行ってまいりまーす」

勘平が高らかに言った。見送ったおさきさんもおまきさんも、げらげらと笑っていた。

「良かったね、勘ちゃん。お遣いに出して貰えて」

嬉しそうに足をはね上げて歩く勘平に、箱が傾いたらお餅の形が悪くなるよ、と声をかけつつ、やすは目を細めた。奉公人と言っても勘平とやすは見習いの身で、給金もなければ好きに遊べる時間もない。目を覚ましてから眠るまで、上の者に言いつけられれば仕事をしなくてはならないし、ゆるしを貰わずに外に出ることも出来ない。

楽しみと言えば、八つ時に甘いものを口にすることくらいで、そんな毎日の中でお遣いでどこかに出かけられるのは、まるでお祭りにでも行くような気分になるものである。それでも、勘平は日に一度、番頭さんに習字や算盤《そろばん》を習っている。将来は料理人にというのが勘平の親の願いなのだが、昨今は料理人でも書物を読むことがあるし、良い料理人になるには仕入れのことも勉強しなくてはならないので、算盤も出来たほうがいい。やすはそのことでも勘平を羨ましいと思っているが、自分にも算盤を教えてください、とは言い出すことが出来なかった。

「勘ちゃんは、料理が好き？」

油断すると道端の石ころにまで目を止めて立ち止まり、しばらく動かなくなってしまう勘平の気をひくよう、やすは道々話しかける。

「うーん、どうかなあ。おいらはまだ、料理と言えるようなことはさせて貰ってないから」

「けど魚は焼けるようになったじゃないの」

「串《くし》の打ち方はおぼえた」

勘平は少し得意げに言った。

「あれはこつがあって、なかなか難しいんだよ。それに塩の振り方も習ったけど、なんでかおいらが振ると塩がひとつっところにばっかりかかるんだよ。政さんが、そんなんじゃお客が食べて、塩辛くて目を丸くしたり、味がないと首を傾《かし》げたり忙しいぞって笑うんだ」

　やすも笑った。勘平は不器用者で、細かな作業をさせるとたいがい失敗する。

「でも勘ちゃんはいつか、政さんみたいに台所を仕切る料理人になるのよ」

「おいらになれるのかなあ」

「その為に、政さんが勘ちゃんを仕込んでるんじゃない」

「おやすちゃんのほうが向いてると思うな。おいらほんとは、料理を習っているよりも、算盤をはじいているほうが楽しいんだ」

　えっ、とやすは驚いた。そんなことを勘平が言うのは初めてだった。

「勘ちゃん、算盤が楽しいの。あれは難しいし、たくさん練習しないといけないから大変なんだと思ってた」

「大変は大変だけど、おいらは嫌いじゃないよ、あの大変は。魚に塩を振る大変のほうが苦手だなあ。番頭さんが、おいらには算術の才があるのかもしれないって言ってくれたんだ」

「算術……」

「おいら、暗算も得意なんだ。おいらがお武家様の家に生まれていたら、お役人になれたのになあ。お役所には、一日中算盤ばかりはじいている役どころがあるんだって。でも算術ができれば、暦をつくる役どころなんかも面白そうだよ」

「こよみを……つくる？　暦って、誰かがつくるものなの？」

「あはは、当たり前だよ。誰かがつくったんじゃなけりゃ、どこから暦が湧《わ》いて出たのさ。暦をつくる役どころの人たちは、空の星やお日さまを眺めるんだって。そんなのが仕事だなんて、すごく楽しそうだよね。けどなあ、町人の子はそんな仕事はさせて貰えないから、やっぱり料理を習うしかないよ」

勘平の吐いた小さな溜め息が、なぜかやすの心に染みた。

女だから料理人にはなれないと諦めているやすと、町人の子だから算術を使う仕事には就けないと諦めている勘平。

「だけど番頭さんがね、料理屋には、料理人が旦那になるとこも多いからって教えてくれた。自分の店を出せば、算盤をはじいて帳面をつけるのも自分の仕事になるんだって。しっかり料理を勉強すれば、いつかはおいらも、旦那様って呼ばれるようになれるかも」

品川大通りを南に歩くと、大きな旅籠《はたご》が増えて来る。途中、小間物屋やら履物屋やらの店先でいちいち立ち止まる勘平をせかして歩かせたので、なんとかお八つまでには百足屋に着きそうだ。

「ねえ、おやすちゃん」

「なあに？」

「おやすちゃんは、生んでくれたおっかさんの顔、憶《おぼ》えてないの？」

「うん、憶えてない。わたしがおぎゃあ、って生まれた時に、おかあは死んだから」

「黒船に乗って来ためりけんの人が、石川村《いしかわ》で変な箱を持って歩いて、海辺や畑、花やら何やらの絵を、その箱で描いたんだって。その中に人の顔もあってね、それがもう気味悪いくらいに本物にそっくりなんだって。石川村から豆の行商に来た人が言ってたんだ。それも何日もかけて描いたんじゃなくて、ほんのひと時、その箱の前でじっと動かずにいると出来上がっちゃうんだって」

「それって……写真、とかいうもののことじゃないかしら。わたしも噂で聞いたことがある」

「そういうのがあったら良かったのにね。おやすちゃんを生んだおっかさんの顔も、そういうのがあったら、あとで見ることが出来たね」

「そうね。でも……」

　自分にも、おっかさんの顔の思い出、はあるのだ。優しいおきぬさんの面影が、ほんの少しだけれどこの胸の底に残っている。

「勘ちゃんのおっかさんは、優しい？」

「うーん、怖いことが多いかな。おいらいっつも、何か壊したり落としたりするから、おっかあはそのたんびに目をこんなにして」

　勘平は自分の目尻《めじり》を引っ張った。

「怒るんだ」

　やすは笑った。

「でもおいらが紅屋に行くことが決まった時は、優しかったな。いっとう最初に産んであげられなくてごめんね、って泣いてさ。いちばん先に生まれてたら、おいらがおとうの店を継いで旦那になってたんだもんな。でもおいらを何番目に産むかなんて、おっかあが決められることじゃないもんな」

　この世には、どうにもならないことがある。

　どんなにおきぬさんが恋しくても、あのひとはもう極楽にいる。

「あ、脇本陣の幟《のぼり》だ」

勘平が指さして走り出したので、やすは慌ててあとを追った。

「勘ちゃん、駈《か》けたらだめ、お餅が寄って潰《つぶ》れちゃう！」

百足屋が近づいて来ると、店の前に立っている人の姿に気づいた。背の高いほうは男の人、低いほうは……遠目にも鮮やかな振《ふ》り袖《そで》姿。

「おやす、ちゃあーん」

振り袖が二枚、旗のように上がって揺れている。お小夜さまが両手を頭の上まであげて振っていた。なんて……はしたない。はしたないけれど……嬉しい！

その時、お小夜さまがこちらに向かって駈け出した。

いけない、ぶつかる！

お小夜さまはまっすぐに、やすに向かって駈けて来る。やすは首から餅の入った平箱を吊《つ》るしている。

「お、お小夜さま、お餅が……」

なんとかよもぎ餅を守ろうと身をひねったが、遅かった。

どしん、と、お小夜さまが体当たりして来て、そのままやすは倒れ込んだ。お小夜さまにしっかりと抱きしめられたまま。

よもぎ餅の箱は、二人の胸の間で縦になった。

勘平が大笑いする声が、やすの耳に響いていた。

八　冷めた天ぷら

幸いなことに、縦になってしまった平箱に入っていたよもぎ餅《もち》は二十五個だけ、勘《かん》平《べい》が運んで来たほうは無事だったので、百足屋《むかでや》の旦那様《だんな》に約束の五十個、それに紅《くれない》屋《や》からの贈り物としての二十五個、いちおうお遣いは済んだことになる。けれど箱の中で潰《つぶ》れてしまった二十五個のよもぎ餅が皿に盛られて目の前に出されると、やすは、申し訳なさで泣きたくなってしまった。せっかく紅屋のみんなで綺麗《きれい》に丸めたお餅なのに。

「わあ、すごーい。こんなに食べていいの？」

やすとは反対に、お小夜《さよ》さまは無邪気に歓声をあげた。

「良かったねえ、おやすちゃん！　得したね！」

「何をおっしゃってるんですか、お嬢さま」

百足屋のお勝手女中頭、おたなさんの厳しい声が聞こえて来た。手には盆を持っていて、湯呑《ゆの》みが四つ載っている。やすは立ち上がった。

「お茶でしたら、やすがいたします」

「いいから、お座んなさい。あんたもそこの小僧さんも、今日のところはお嬢さまのお客だからね」

「そんな、でも」

「お客だと思ってなくちゃあんたたちを座敷に通したりはしませんよ。特にそこの小僧さんは、あんなにたくさんお餅を運んで来てくたびれただろう。お茶でもおあがんなさい」

そこはお勝手女中が休憩や食事をとる為《ため》の部屋らしい座敷だった。

「洞郁《とういく》先生も、先生ですよ。お嬢さまのお目付け役をお願いしてあったのに、あんなお転婆《てんば》をさせなすって」

おたなさんは、湯呑みを絵師の先生に手渡しながら軽く睨《にら》んだ。

「そんなことを言うが、おたなさん。お小夜さんと来たらいきなり走り出したんだ、止めようがなかったよ」

言いながら、片手に湯呑みを持ったままでもう片方の手を皿に伸ばす。

「別に潰れてたっていいじゃないですか、こんなに旨《うま》そうなんだから」

「一つずつです」

おたなさんが、ぴしり、と言った。

「お餅はお腹《なか》にたまりますからね。夕餉《ゆうげ》が美味《おい》しくいただけなくなると困ります」

「でもおたな、これ、二十五個もあるのよ。みんなでひとつずついただいても、二十一個余っちゃうわよ」

「わたしらでいただきます。潰れてあんこがはみ出しているくらい、わたしらにはどうってことありません」

「だったらここに出して来なくていいのに。見てたらもっと食べたくなっちゃうじゃない」

「本当なら、三つずつ食べていただけるところでした」

おたなさんが、にやっと笑った。

「もともとうちの旦那様がお願いしてあったのは五十個。うち二十個は旦那様と奥様、奥様の踊りのお師匠様にさしあげる分など、ご家族で必要な分、残り三十個は、昨年同様、わたしたち奉公人にくださる予定だったんです。けれど今年は奉公人が昨年よりも増えて三十二人おります。紅屋さんはそれをご存知で、五十個も多く作ってくださった。なので奉公人が一個ずついただいても、まだ残ります」

「四十八！」

勘平がすかさず言った。

「残りのお餅は四十八」

勘平は本当に暗算が得意らしい。

「二つずつにしたら、十六！　四人で十六個なら、三つずつじゃなくって四つずつだよ」

おたなさんは驚いた顔で勘平を見つめた。勘平は少し得意げだったが、おたなさんに叱《しか》られると思ったのか下を向いた。

「……四つも一度によもぎ餅をいただいたら、お腹をこわします。三つでも多過ぎです」

「あんこがちょっとくらいはみ出してたっていいわよ、もう一個ずつ食べさせて」

「それが、お嬢さまへの罰です」

おたなさんは、目で笑いながらも少し怖い顔をして見せた。

「本当ならもっとたくさん食べられたのに、お転婆をしてしまったので食べ損なった、そう反省しながら、このお餅を眺めて指をくわえていただきます」

「ええー、ひどーい」

「お嬢さまがお転婆なすってこうして潰れてしまったお餅もみんな、紅屋さんの皆さんが忙しい仕事の合間に作ってくだすったものなんですよ。ひどいと言うなら、お嬢さまのなすったことがいちばん、ひどいことです」

そう言われて、お小夜さまはさすがにしゅんとなってうなだれた。

「さ、おやすちゃんに小僧さん、重たい思いをして運んで来てくれたんだから、あんたたちもおあがんなさい」

「い、いいえ、けっこうです」

やすは慌てて言った。

「あたしらは八つ時にちゃんといただいて来ましたから」

勘平がちょっと恨めしそうな顔でやすを見たが、それでも立場はわかっているので、黙って一緒にうなずいた。

「まあそんなこと言わず、おあがんなさいな。あんたたちが食べないと、洞郁先生も手が出せずに困ってしまうから」

なべ先生は、そう言われて頭をかいた。やすはその時まであまりなべ先生を見ないようにしていたので、わからなかったが、おたなさんの言い方からすると、さぞかし食べたそうな顔をしてよもぎ餅を睨んでいたに違いない。そう考えて噴き出しそうになったのをやすは堪《こら》えた。

「へ、へい。ではあの」

やすが勘平にうなずいて見せると、勘平は破顔してよもぎ餅に手を出した。それと競争するようにしてなべ先生の手が伸びる。やすは手を出さずにいたが、お小夜さまはそっと餅に白い指を伸ばした。

「うわ、これは美味《うま》い！　まさに絶品！」

なべ先生は、早くももう一つの餅に手を伸ばした。

「おたなさん、わたしはお転婆をしなかったんだから、三つ食べてもいいですよね？」

「まあ、洞郁先生てば、まるで子供みたいですね」

おたなさんは笑いながら言った。

「ですが先生はお嬢さまの教育係も任されておいでなんですから、お嬢さまがお転婆なすったら先生も反省していただかないと」

「それは厳しいなあ。わたしはお小夜さんの絵を描《か》く合間に、読み書きをお教えせよと言われただけですよ。お行儀のことまではわたしの責任じゃないと思うなあ」

「そもそも先生がそばにいらっしゃるのに、年頃《としごろ》のお嬢さまがお転婆なさるのがおかしいんです。普通は娘が十七にもなれば、若い男衆の前では自然とおとなしくなるもの。なのに先生があんまり子供のようだから、お嬢さまも先生を男の方だと思わずに、はしたないことをしてしまうんです」

「いやいや、とんだとばっちりだ」

なべ先生は笑いながらお小夜さまを睨んだ。

「あなたがお転婆すると、わたしまでこんなに叱られるんです。お願いですから、今後はお転婆はやめてくださいね」

「はぁい」

その時、やすの鼻がかすかな匂《にお》いをとらえた。これは菜種の油の匂い。

「……百足屋さんの今夜の夕餉は、天ぷらですか」

思わずそう訊《き》いてしまって、やすは慌てて首を横に振った。

「すみません、すみません……」

「……何を謝ってんだい、おやすちゃん」

「余計なことを言いました……」

「別に余計なことじゃないさ、献立は秘密ってもんじゃないからね。だけど、どうしてわかったの？」

「……菜種の油の匂いがしました」

「菜種の油だってことまでわかるのかい！」

「おやすちゃんの鼻は犬よりきくんですよ」

勘平が自慢げに言った。

「油どころか、酒や醬油《しょうゆ》まで匂いを嗅《か》いだだけで素性を当てるんです」

「あらまあ。それはすごいね」

「天ぷらは胡麻油《ごまあぶら》で揚げるものですが、紅屋でも時々、菜種油を使います。あっさりとして、野菜を揚げるには菜種のほうがいいと」

やすが言うと、おたなさんは嬉《うれ》しそうにうなずいた。

「そうなんだよ。春の山菜は胡麻油で揚げるより、上方風《かみがた》に菜種の油でさっと、衣にも卵を使わずに白く揚げる。うちの料理人頭のこだわりなんだよ。けどねえ、そのこだわりも残念なことに、揚げたてを食べて貰《もら》えないんだから台無しだよ」

「夕餉の支度にしては、油を熱くするのが早いなと思ってました」

「宴会なのよ。五十人分の料理を顔を見てから仕上げてたんじゃ間に合わないから、せっかくの天ぷらなのに先に揚げておくしかなくてね。天ぷらは揚げたてじゃないとねえ。冷めた天ぷらじゃ、屋台の串《くし》ざし天ぷらに負けちまう」

おたなさんは不意に、ぽん、と掌《てのひら》に拳骨《げんこつ》を打った。

「そうだ。ちょっとおやすちゃん、あんたもう少しここにいられる？」

「いえ、仕事に戻りませんと」

「ちょっと小僧さん」

おたなさんは勘平を見た。

「あんたね、もう一つお餅、おあがんなさい。それでね、先に紅屋に戻って、おさきさんに伝えてちょうだい。百足屋のおたなが、どうしてもおやすちゃんに手伝って貰いたいことがあるんで、半刻《はんとき》ほど帰すのが遅くなるのでよろしくと言ってました、って。ちゃんと言える？」

「あい、おいら言えます」

勘平は早くも、次のよもぎ餅に手を伸ばした。

「おいら、先に帰っておさきさんに伝えます」

「よろしい。なら、これも持ってお行き」

おたなさんは小さな紙の包みを取り出して勘平に渡した。勘平の顔がぱっと輝いた。

昨日いただいた、あのお菓子だ。

「じゃ、気をつけてお帰り。転ばないようにね。でも急ぐんだよ、紅屋さんもそろそろ忙しくなる頃だからね。お餅の箱は後日、こちらから遣いをやってお返しします、とも言っておいて」

「あい！」

返事だけはいつも元気な勘平が、餅を頬《ほお》ばって立ち上がる。やすは心配になって勘平に駈《か》け寄り、寄り道は決してせずにまっすぐ紅屋に帰るのよ、と何度も念押しした。

「大丈夫かねえ、あの小僧さん」

おたなさんは苦笑していた。

「なんだか落ち着きがなくってせわしない子だね。けど頭は悪くなさそうだ。ああいう子は、きちんと仕込めばいい奉公人になるけれど、きっとそそっかしいからしくじりが多くて怒られてばかりで、そのうちに嫌気がさして悪い道に入りこまないといいんだけどね」

「勘ちゃんはいい子です」

やすは言った。

「いろんなことを面白がって、時々仕事を忘れてしまうことがあるけど、叱られても素直に謝れる子なんです」

「そうかい。ま、おやすちゃんがいつもそばにいるんだから、大丈夫だろうね。さ、あんまり長く引き留めておいたらおさきさんに怒られちまうから、こっちに来てちょうだい」

「ちょっと待ってよ、おたな」

お小夜さまが声をあげた。

「せっかく半刻もあるんだから、おやすちゃんはわたしと遊ぶのよ！」

「おやすちゃんにはそんな暇はありませんよ。奉公人は、起きてから寝るまで仕事をするもんなんです」

「でも、おやすちゃんはわたしの仲良しさんなのよ！」

「紅屋さんでもそれを知ったから、わざわざおやすちゃんをよこしてくれなすったんですよ。顔が見られただけで良かったじゃないですか」

「だったらわたしはいつ、おやすちゃんと遊べるのよ」

「奉公人には盆と正月の藪入《やぶい》りにお休みがあります」

「年にたったの二回なんて！」

「もし本気でおやすちゃんと遊びたいとお思いでしたら、ご自分で旦那様にお願いして、旦那様から紅屋さんに頼んでいただくしかありません。けれどご自分の頼みごとばかりきいて貰って、ご自分は頼まれごとに知らんぷりは通りませんよ。旦那様はお嬢さまに、お転婆をやめてお行儀良くして、真面目《まじめ》にお習字を習いなさいとお言いつけになったんじゃありませんか？　お嬢さまがちゃんとそのお言いつけをおききになって、ちょっとの間でもおしとやかにされていれば、旦那様もお嬢さまの頼みごとに耳を貸してくださるかもしれませんね」

おたなさんは笑顔だったが、その口調は、どきりとするほど厳しかった。

十七となり、もうお小夜さまは子供ではない。お気の毒なお育ちだったからと皆が腫《は》れ物《もの》にでも触るようにして甘やかしていたのでは、良い縁談が遠のいてしまう。この百足屋に、いつまでも嫁ぎもしないままでいることはできない身の上なのだから、少しでも良い縁談を、と願うおたなさんの優しさが、この厳しさなのだ。

「さあ、それじゃあ少し、あなたの絵を描かせてくださいよ」

その場を取りなすようにして、なべ先生が言った。

「今日はまだ描いていない。ぼちぼち夕焼けが始まって空が茜《あかね》になります。あなたを茜の雲の下で描いたら、なかなか良い絵になりそうです。あ、おたなさん、おやすさんの仕事が終わったら、わたしが紅屋まで送って参りましょう。日が暮れてからの品《しな》川《がわ》大通りは、若い娘さんが一人で歩くには少しなんですからね。わたしたちは庭で絵を描いていますから、用事が済んだらおやすさん、庭に来てくださいね」

まだ少しふくれ面をしているお小夜さまを促して、なべ先生は立ち上がった。お小夜さまもしぶしぶ、先生に従って部屋を出て行く。

ふふ、とおたなさんが笑った。

「あの絵師先生は、お嬢さまの扱いがほんとに上手だよ。もしかするとお嬢さまは、あの絵師先生に少しばかりほの字なのかもねえ。あ、このことは内緒だよ。誰《だれ》にも言うんじゃないよ。どうせ実らぬ初の恋。お嬢さまはじきにお嫁にいくんだし、絵師先生だってあの歳《とし》でいつまでも一人身ってわけにはいかない、誰か名のある絵師か版元の娘の婿に入るんだろうからね。さ、こっちだよ」

おたなさんに連れて行かれたのは台所だった。紅屋の台所の倍よりまだ広く、ずらっと並んだ竈《かまど》が壮観だ。

揚げ油の匂いが満ちていたが、すでに天ぷらは揚げ終わったようで、油がはぜる音は聞こえない。

「喜八《きは》っつぁん」

おたなさんが、その揚げ油が入った鍋《なべ》の前で腕組みしていた男衆に声をかけた。

「この子が例の、おやすちゃんだよ」

喜八《きはち》さんがやすを見た。

「紅屋の、かい」

「そうだよ。あんたが会いたがってた子さ。おやすちゃん、この人がうちの料理人頭の、喜八さん」

喜八さんは、政《まさ》さんとだいたい同じ年頃に見えたが、政さんよりも大男だった。この人が、わたしに会いたがっていたって……？

「おう」

喜八さんは、やすの目を見たままでうなずいた。

「そうか。おまえが政の、一番弟子か」

「い、いちばん弟子は、わたしでは」

「こっちに来な。政からいつもおまえのことは聞いてるよ。俺《おれ》は政とは、江戸の料理屋で一緒に修業した仲なんだ。政はおまえのことを、犬より鼻のきく娘だと言ってた。しかも鼻がいいだけじゃねえ、料理の勘も天性のもんがあるってな」

「あ、あの」

やすはおずおずと喜八のそばに立った。

「いいから、そこに並んだ皿を見な。今揚げたばかりの、春の天ぷらだ。山ウドにタラの芽、ふきのとう。いい香りだろう」

「へえ。菜種の油に、卵を入れない白い衣で、山菜の香りや苦味がほど良く美味しいと思います」

「この子ったら、匂いだけで菜種油だって言い当てたんだよ」

「……胡麻の油はもっと匂いが強いので……」

「上方流の白い衣、天つゆは添えずに抹茶塩で出す。春らしい粋《いき》な料理だ。だが、揚げたてを食べて貰えないんじゃどうにもならねえ」

　喜八さんは盛大に溜《た》め息《いき》を吐《つ》いた。

「五十人の宴会に天ぷらを出すなんてのは、俺は反対なんだ。どう急いだって最後の分が揚がる頃には最初に揚げた分が冷める。油鍋と揚げ手を増やせればいいが、油鍋は火事の元、そんなにいくつも台所に置いたらお上に叱られる。しかも天ぷらをほど良く揚げるにはかなりの腕がいる。そんな腕のいい料理人をたくさん連れて来たんじゃ、お客にいくらふっかけたって儲《もう》からねえ。商売にならねえよな。しかも宴会に出すとなりゃ、こうやって先に揚げといてから出すしかねえ。ちょっと冷めた程度ならまだしも、すっかり冷めきって冷たいのを出すことになる。そんなのは天ぷらじゃねえよ。けど旦那様がどうしても、山菜の天ぷらを献立に入れてくれとおっしゃった。

宴会を催してくれる贔屓客《ひいききやく》の好物なんだそうだ。確かによその宴会じゃ、冷めた天ぷらなんてのは珍しくねえ。他《ほか》の料理だってみんな冷めちまってんだから、天ぷらが熱々でなくても文句は出ねえ。だけどな、揚げたての天ぷらの味を知ってるもんにとっては、冷めた天ぷらなんざ、まずいもんの筆頭だ。この脇本陣《わきほんじん》百足屋の料理にまずいとわかってるもんを出すなんざ、俺の気持ちが納得できねえんだよ。なあ、おやす、どうしたらいい？」

「ど、どうしたら……」

やすは途方に暮れた。

天ぷらは揚げたてに限る。それは誰でも知っていることだ。揚げ油は火事を出すという理由で、ある程度の規模の料理屋にならないと天ぷらを台所で揚げることは禁じられているので、通りには天ぷらの屋台が出ている。そこで串に刺した揚げたての天ぷらを食べれば誰でも、その美味しさを知ることができる。宴会でお客さんが冷めた天ぷらに文句を言わないのは、揚げたてを出すのは無理だとわかっているからだ。おそらく、喜八さんの揚げたこの天ぷらは、冷めてもそれなりに美味しいだろう。新鮮な山菜、良い油、絶妙の火加減と揚げる技。塩も抹茶も、脇本陣にふさわしい上物だろう。この天ぷらを出しても、それで喜八さんの腕を疑う客などいるとは思えない。

冷めた天ぷらを揚げ直す方法は政さんから教わったことがある。水に浸《つ》けた布巾《ふきん》を固く絞り、それに天ぷらを包んで軽く握る。冷めた衣にほんの少し水気を移すためだ。その、ほんのわずかに水で湿らせた天ぷらを揚げると、焦げずにさくっとした状態に戻る。けれど水気を移す加減がとても難しい。そしてもちろん、そんなことは喜八さんなら知っている。けれどそもそも、油で揚げ直す、などということは出来ないのだ。そんなことが出来るくらいなら、最初から揚げたてが出せるのだから。

天ぷらが冷めないように温めておく方法なら、いくつか考えられる。熱した石を並べてその上に板でも置いて、天ぷらを載せておいたらどうだろう。火にかけたら焦げてしまうが、熱した石の熱が板を通して伝わるなら……ああ、だめだ。五十人分もの天ぷらを温めておくのに必要な石の数を考えて、やすは自分の拳《こぶし》で頭をこつんと叩《たた》いた。そんなにたくさんの石を熱するだけでも、他の料理に手がまわらなくなる。石を鍋に入れて火にかけたら鍋が割れるし、石ではなく鉄の板のようなものを使ったら染み出した油で天ぷらがべちゃりとなりそうだ。しかも、そうして温めたものはやはり、冷めた天ぷらを温めたもの、に過ぎず、揚げたてとは比べものにならないだろう。

天ぷらが冷めるのはどうしようもない。冷めた天ぷらは、冷めた天ぷらなのだ。

……つまり。

……冷めた天ぷらを美味しく食べられたら……


「あ、あの」

やすが口を開くと、喜八さんが身を乗り出した。

「ご、ご飯の上に……あったかいご飯の上に載せたら……」

「飯の上に？　……海老《えび》だの烏賊《いか》だのを胡麻油で揚げた天ぷらなら、飯とよく合うが……菜種油で揚げた山菜は、飯には少し味が弱い。天つゆをかければ味は補えるが、せっかくの山菜の風味の邪魔だな。それにうちは、紅屋のように夕餉に飯を炊くことはしねえよ。飯は朝炊いて、夕には冷たいのを出すんだ。そりゃ夕餉にも飯を炊いたら美味いだろうが、ここの客の数は紅屋の数倍、特に今回は五十人分だ。夕餉に飯を炊いてる暇はねえな。冷や飯の上にのっけたんじゃ、天ぷらも冷っこいまんまだ」

「熱いお出汁《だし》をかけたらどうでしょうか」

「出汁をかける……？」

「冷たいご飯は湯漬けで食べます。熱い湯をかけると、さらさらとして冷や飯でも美味しいです。それが出汁なら、もっと美味しいです……」

「出汁って、鰹節《かつおぶし》のかい」

「へえ、でもおすましのような、淡いお味で山菜の風味が消えないお出汁がいいと思います」

「いやしかし、それじゃ天ぷらが出汁浸しだ」

「揚げたてのさくさくした天ぷらは本当に美味しいです。でも、冷めてしまえばさくさくではなくなります。さくさくでなくても別の美味しさがあればいいと思います。お出汁のついた衣は、別の美味しさになると思います。これから食べるという時に熱々のお出汁をかけて、セリを刻んだものを散らして食べていただけば……」

「山菜天ぷらの……出汁漬け飯」

「わわ、それ、すごく美味しそうじゃないの！」

おたなさんが叫んだ。

「食べたいわ！　喜八さん、試してみようよ！　セリならたくさんあるから、刻んであげる！」

喜八さんが飯椀《めしわん》に冷や飯をよそい、その上に、少し前に揚げてもう冷め始めている天ぷらをのせた。

「とりあえず、桜鯛《さくらだい》の椀に使う出汁をかけてみる」

鍋の木蓋《きぶた》をとると、出汁のいい香りがやすの鼻をくすぐった。その出汁を、喜八さんが慎重な手つきで椀に注《つ》ぐ。上からかけるのでなく、天ぷらの下の冷や飯がひたるように。なるほど、こうして出汁を張れば、天ぷらもしばらくは出汁浸しにならず、出汁に触れた下側は衣が出汁を吸って飯に溶け、上側は天ぷららしい歯ごたえが残る。その上から刻んだセリをぱらっと少し散らし、さらにほんのひとつまみ、塩も振った。天ぷららしさが残る上側は塩で味がひきたつ。

「さあどうだ。おたな、食ってみてくれ」

「あいよ」

おたなさんは、箸《はし》を持つのももどかしそうに椀に口をつけ、出汁をすすった。

「あら美味しい！　天ぷらの衣がちょっとほとびて、出汁にこくが出てるよ」

さらに、箸の先で飯粒とほとびた天ぷらの衣を口に入れた。そして、黙ったままで勢いよくかきこみ始めた。

「やだよ、これは！　箸が止まらないよ！　あらら、冷えた天ぷらなのに出汁の熱さで温まって、あらら、この山ウドのしゃくしゃくしたのがまた、これはなんとも」

おたなさんは、瞬く間に椀を平らげた。

「あー、美味しかった。もっとおくれよ」

「こら、客に出すもんだぞ」

言いながら喜八さんも自分の分を作り、箸でかきこんだ。

「……美味い」

喜八さんは、空っぽの椀を見つめながら唸《うな》るように言った。

「……セリもいいが、夏になれば三つ葉だな。冬なら柚子《ゆず》。天ぷらも、小海老や貝柱でも良さそうだ。穴子やキスなら立派な一品になる」

「これなら今から用意しといて食べる直前に、出汁をかけて出せばいいんだから楽だよ。それにこれが出れば、酒ばっかり飲んでる客も、そろそろお腹を満たして腰を上げる時分だな、ってわかるだろうし」

おたなさんは笑った。

「冷や飯の湯漬けじゃ宴会の締めにはならないけど、これなら見た目もいいし手も込んでて、上等に見えるし」

「おやす、この料理は紅屋で出してるものなのか？　そうなら、うちで出すには政のゆるしを貰わないとならねえが」

「……今、考えたものです」

やすは小声で言った。調子にのってしまったものの、政さんに相談もなく出しゃばったことをして、今になって怖くなって来た。

「すみません、けど、政さんに黙ってこんなことしてしまって……」

「心配いらねえよ」

喜八さんは、頭にねじって巻いていた手ぬぐいをほどいた。

「今からひとっ走り紅屋に行って、政に話して来る。この天ぷら出汁漬けはまだまだ工夫のしようがありそうだ。とりあえず今夜はこれで出してみるが、政と二人で工夫して、品川名物にしてやるよ！」

「あらちょっと喜八さん」

「おたな、すまねえが、あとは献立の段取り通りにやっとくように、大吉《だいきち》に伝えてくれ。おやす、先に紅屋に行ってるから、おまえはゆっくりして来ればいい。お小夜お嬢さまがぷんぷんしてんだろうから、少し遊んでやってくれ」

喜八は笑いながら飛び出して行ってしまった。

「まあなんだろうね、あの人は」

おたなさんが呆《あき》れて笑った。

「ほんっとに料理馬鹿なんだから。仕方ないね、おやすちゃん、庭に出てお嬢さまと毬《まり》でもちょっとついてあげて、それから洞郁先生に送って貰ってちょうだい」

「へい」

「潰れたお餅、少し包んであげるから、あんたと小僧さんで食べなさいよ」

「お心遣いありがとうございます」

「それにしてもあんた、ほんとにたいしたもんだね。政一《まさいち》さんが喜八さんに自慢するだけのことはある。おさきさんからもよくあんたのことは聞いてるよ。骨身を惜しまず良く働いて、素直で気立てが優しくて、頭もいいって」

「そんな……叱られることのほうが多いです」

「見込まれてるから厳しくされる、ってこともあるわよ。あたしだってさ、この子は育てがいがあると思えば少し厳しく言うものね。反対に、これはだめだ、仕込んでも使いものにはならないなと思ったら、誰でもできるような仕事だけ言いつけて、粗相がないように見張ってるだけさ。そういう子は年季が明けたら、もっと楽して金の稼げる仕事がいいって出て行っちまうからね、手間ひまかけて仕込んだって無駄なのさ。その点あんたは、百足屋に引っ張りたいくらい、仕込みがいもありそうだし、献立の才もありそうだ。あんた、来年から正式な奉公人になるんだって?」

「へい。そうしていただけると聞いてます」

「年季はいつ明けるんだい」

「……よくわかりません」

「証文は確認したのかい？」

「証文？」

「あんたを奉公に出すにあたって、借金はいくらで、何年で年季奉公が終わる、って書いてある紙だよ」

「……おとうが持ってると思います。けど……間違いがあって……」

「間違い？」

「おとうは、わたしを女郎屋《じょろうや》か芸者の置屋に売ったはずなんです。それが神奈川宿《かながわ》で女の子の下働きを欲しがっている宿屋があるからとそちらにまわされて、でもそれが間違いで、本当は男の子を欲しがっていたとわかって、口入れ屋さんに戻される前に、お泊まりにいらしてた紅屋の大旦那様に拾われました」

　おたなさんは、目を丸くしてから、あはは、と笑った。

「そりゃあんた、随分と運が良かったねえ。お女郎さんになんかなってたら、若くしてからだを壊してひどい死に方してただろうし、芸者になったって名妓《めいぎ》と言われてもてはやされる人はほんの少し、あとはみんな、芸も半端、身請けもされずに座敷の幽霊みたいに干からびて年をとっておしまいさ。宿屋の女中じゃ一生働いたって金持ちにはなれないけれど、早寝早起き、ご飯もちゃんと食べてよく働けば、健康でいい顔色のままで生きられる。紅屋さんなら奉公人の面倒見もいいから、あんたにもきっと、いい縁談を世話してくれるよ。あんた、幸せになれるよ、きっと。おっと、あんた庭に出て、お嬢さまのご機嫌とってから帰ってちょうだい。あのお転婆さん、機嫌を損ねると我儘《わがまま》で頑固で手がつけられないのよ。おやすちゃんはたいそうなお気に入りみたいだから、お願いね」

九　茜色の時

百足屋の裏手に、本宅の庭がある。おたなさんに教えて貰った通りに、下駄《げた》を手に持って渡り廊下を進み、本宅の母屋に入る手前で右に折れると母屋の勝手口があった。そこで下駄を履いて外に出ると、枝ぶりの良い立派な松が見えた。広い庭には馬酔木《あせび》の花が白く咲き、花桃の濃い桃色の花がその向こうの空に映えている。

西の空は、うっすらと茜色に染まっていた。その茜の光の中、庭石に腰掛けたお小夜さまの姿が、逆光で影になって見えていた。その正面、地べたに座り込んで筆を動かしているのはなべ先生だ。

お小夜さまは、いつもの快活なお転婆さんとは別人のように、じっとなべ先生を見つめていた。横顔が影絵のようで、高い鼻やすっとした顎先《あごさき》が、生身の人とは思えないほど繊細に見える。

美しい、と、やすは思った。本当に、きれい。

その美しい人の前に座り、一心不乱に筆を動かしているなべ先生も、横顔が影絵になっていた。

なぜか、やすは胸のあたりがきゅっと痛くなり、その場にしゃがみこんだ。

お二人はお似合いだ。美しいお小夜さまと、そのお小夜さまを夢中で描く絵師。

お似合いのお二人を見ているのに、どうしてこんなに胸が痛いんだろう。なぜ、悲しいんだろう。

お二人は年の釣り合いもいい。そしてお小夜さまは、なべ先生のことを好いていらっしゃる。このままお二人が夫婦になられることは出来ないのだろうか。

そうなったらいいのに、と思う尻《しり》から、そうならないでほしい、と思う自分に、やすは戸惑っていた。

こんな気持ちは生まれて初めて。

こんなに胸が苦しくて、どきどきと鳴って。

そして、自分がお小夜さまのような身分に生まれなかったことが、こんなにも口惜しい。

この、卑しい気持ちはどこから来るのだろう。誰かを羨《うらや》み、妬《ねた》む気持ち。自分がそうなりたいと思う姿をしている人を、見たくない気持ち。

ううん。

見たくないなんて。そんなこと、ない。わたしはお小夜さまが大好きなんだもの。お小夜さまと仲良しになれたことが、あんなにも嬉しかったのに！

お小夜さまがやすに気づいて、勢い良く立ち上がる。

「あ、お小夜さん、まだもう少し。もう少し描かせてください」

「もういいわ、じっとしているのって退屈だし、なんだか足の指がしびれてしまった。あとは思い出して描いてちょうだい」

「だめです。絵に描く時は、できるだけ正確に描かないと」

「それなら横浜村《よこはま》に行って、写真機、とか言うものを借りて来たらいいじゃないの。あの箱を使うと、気味が悪いくらいそっくりの絵が描けるそうよ」

「写真、は、絵ではないですよ。長崎《ながさき》にはダゲレオタイプの写真技術がオランダから伝わったのですが、黒船で横浜村にやって来た異人の写真技師は、湿板《しっぱん》というものを使って……」

「ああもう、なんだか難しい言葉ばっかりでわからない！　絵でも写真でも、正確に描けるんだったらなんでもいいでしょ」

「写真よりも正確に絵を描くのは不可能です。それに絵は、ただ正確ならいいわけではなくて……」

「だったら、先生が描いているのは絵なんだから、正確に描かなくたっていいじゃないの」

「正確に描いて、そこから先を表現するのが絵、なんです」

いつものなべ先生とは少し違って、なんとなくむきになっている。相手がお小夜さまでも、絵のことになるとこんなに真剣になってしまうのか。やすは、なべ先生の心根には、何かとても激しいものがあるのだ、と感じた。

「お小夜さんは美人だ。美人だから、まずはその美しさを正確にとらえたい。けれどお小夜さんは、美人なだけじゃない。お転婆で我儘で頑固で」

「まあ、失礼なことばっかり！」

「快活で朗らかで、そして芯《しん》の強い人です。わたしが描きたいのは、そうしたことのすべてなんですよ。形のない、けれど、確かにあなたという人に備わっているもの、それを表すことができなければ、絵ではない」

お小夜さまは黙ってなべ先生を見つめている。二人は今、言葉にならない何かを、二人だけがわかる何かを、分かち合っている。

また胸がずきんと痛んだ。

もうここから逃げ出したい。走って紅屋へ戻って、そしてもう二度とここへは来ない。お小夜さまにも、なべ先生にも会わない。そうできたらどんなに楽だろう。

「もういいわ、とにかくわたしは飽きましたから、今日はもうおしまい。おやすちゃーん、こっちにいらっしゃいよ」

「へい」

やすは、涙がこぼれそうなのを堪えて笑顔をつくった。小走りにお小夜さまのそばに寄る。昨日とは柄の違う振り袖《ふそで》から、甘いような渋いような、とてもいい香りがした。

「どうだった？　喜八にいじめられなかった？」

「そんな、とてもよくしていただきました」

「でもさっき、喜八が駈け出してったわよ。どこに行ったのかしら」

「紅屋の政さんのところに行ったみたいです」

「あら、紅屋に行く用事があるなら、おやすちゃんを送ってってくれたらいいのにね」

「とても急いでいらしたので。わたしの足では、喜八さんについて行けません」

「ね、何して遊ぶ？　双六《すごろく》があるのよ。子供が遊ぶ双六じゃなくて、盤双六。やったことある？」

やすは首を横に振った。

「じゃあやりましょう」

お小夜さまがやすの袖を引っ張って母屋に向かい始めたところで、なべ先生が言った。

「残念、時が来てしまいました。そろそろ半刻が過ぎますよ。おやすさんは仕事がある。もう紅屋さんに帰らないとならないですね」

「えーっ、いじわるっ。まだいいじゃないの！」

「先に帰った小僧さんは、おやすさんが半刻ほど遅れて戻ると伝えたはずです。なのにおやすさんが半刻を過ぎても戻らなければ、おやすさんが約束を破ったことになる。お小夜さん、奉公人はお店《たな》との約束を破ったりはできないんです。帰る刻には帰り、仕事はきちんとする。そうしないともう、おやすさんはここに来ることをゆるして貰えなくなるんですよ。お小夜さんの我儘はみんながきいてくれる。お小夜さんにはそれがゆるされます。でも奉公人はそうではない。そのことをお小夜さんがちゃんとわかって、おやすさんを困らせないようにする、それができないのなら、おやすさんと仲良しになってはいけない」

「なんで、なんでそんないじわるなこと言うの」

お小夜さまは涙ぐんでいた。

「誰かと仲良しになっちゃいけないなんて、そんなの変よ。仲良しになるのは自分がそうしたいからだもの、わたしがおやすちゃんと仲良しになりたいんだから、なってはいけないなんてあなたに言われたくない！」

「あなたがおやすさんと仲良しになりたいのは、おやすさんのことが好きだからではないんですか」

「もちろんよ！　好きだからに決まってるでしょう」

「でしたら、その好きなおやすさんを困らせることは、すべきではないと思いますよ。おやすさんは、お小夜さんとは立場が違うんです。おやすさんは紅屋さんの奉公人で、紅屋さんの決まり事に従って暮らしていかなくてはいけない。どんなにあなたと遊びたくても、仕事が残っている以上は帰らなくてはいけないし、紅屋さんの許可なくあなたに会いに来ることもできない」

「だからそんなの……おかしい」

「ええ、おかしいのかもしれない」

なべ先生の声は優しくなっていた。

「この世の中には、そんなのおかしい、と思うことがたくさんあります。けれど、おかしいと思うからと、あとさきのことを考えずに自分がしたいようにだけしていたのでは、生きていくことができない人もいるんです。お小夜さんにはそのことがわかっていない。いや、本当はお小夜さんにだってわかっている。そうでしょう？　でもあなたは、我儘を通したい。自分の我儘がどこまで通るのか、確かめたいんだ。それを確かめたいのなら我儘を通せるだけ通してみるのもいいでしょう。それであなたは、自分の力や立場を確認することができる。でもね、それに他人を巻き込み、他人に迷惑をかけるのは、間違っています。あなたは、自分が本当は何ひとつ思い通りにできない、自分が生きたいように生きられないことの鬱憤《うつぷん》を、とりあえず自分の言うことなら聞いてくれて、小さな我儘ならゆるしてくれる人たちにぶつけているんです」

お小夜さまは、頬に涙を流しながら先生を睨みつけていた。その涙が、今まさに落ちて消えようとしているおひさまの、紅《あか》い光に照らされて、まるで血のように見えた。

「さ、おやすさん、紅屋さんまで送ります」

「いえ、一人で帰れます」

「駄目ですよ、もう日が暮れる。お勝手に寄って提灯《ちょうちん》を借りて行きましょう。お小夜さん、あなたはもうお部屋にお戻りなさい。盤双六は、戻ったらわたしがお相手します」

「いいわよ、もうやりたくない！」

お小夜さまはそう叫んで、母屋に小走りで戻ってしまった。なべ先生は苦笑いすると、紙や筆を風呂敷《ふろしき》に包んで背負った。

「絵のお道具を持って行かれるのですか」

「どこで描きたいものと出会うかわかりませんから、いつも持っているんです。では急ぎましょう」

勝手口に寄ると、おたなさんが風呂敷に包んだよもぎ餅と提灯を用意していてくれた。

百足屋から紅屋までは、ゆっくり歩いても半刻もかからない。ほとんどが品川大通りを歩くだけなので、昼間ならば女一人でも何も危ないことはない。が、夜の品川は昼とは違った景色を見せる。宿場町でありながら花街の賑《にぎ》わいも持つ品川ならではの喧騒《けんそう》。もの珍しげな顔つきで歩いている人々の大半は旅人で、明日はいよいよお江戸だ、ということで気を昂《たか》ぶらせている人も多い。身なりからして、やすがただの女中だということはわかるはずなのだが、それでもちょっかいを出してくる者があってもおかしくなかった。やすといくらも歳の違わない飯盛女や宿場女郎がいるのだということを、やすはおさきさんたちから聞いて知っていた。

「さっきは驚いたでしょう」

なべ先生は、まだ提灯に火は灯《とも》さずに歩いていた。日は落ちてしまったが、空は藤紫色でまだ明るい。

「お小夜さんにわたしがきついことを言って」

「……へい。お小夜さまが、少しお可哀想《かわいそう》でした」

「そうですね。あんなに一方的に責めて、申し訳ないことをしたと思っています。ですが、今ちゃんと言っておかないと、結局はあの人が悲しい思いをすることになる。お小夜さんの言うことは正しいんですよ。人が人と仲良くなることに、他人が口を挟むことなど必要ない。わたしに、あなたと仲良くするなとあの人に言う権利などありません。そして奉公人だからといって、あなたが百足屋に来ることにまで紅屋さんのゆるしが必要だ、ということだっておかしなことなんです」

「いいえ、それはおかしなことではないです。わたしは大旦那様に拾っていただいた身です」

「それでもあなたは猫の仔《こ》じゃない。いくら世話になっているからといっても、人であるのに、朝から晩まで誰かのゆるしなしには何もできない、などというのはおかしいんです。いや猫だって好きに遊びに出て、どこにでも行けるのに」

やすは返事ができなくて困っていた。そういうふうに考えたことは一度もなかったのだ。女郎屋に売られるはずだったこの身を救われ、紅屋で女中として働かせて貰っている、ただそれだけで、大変な幸運だと思っていた。

「けれど、それがこの世というものです」

なべ先生は、やすの返事を期待してはいないようだった。

「あなたもわたしも、おかしいことだらけのこの世に生まれ、その中でとにかく生きていかねばなりません。そしてそれはお小夜さんだって同じなんです。あの人は確かに多少の我儘は通せる身です。けれど、百足屋の旦那様の一存に、あの人の人生はすべてかかっている。あの人がどんなに嫌だと言っても、あの人の嫁入り先は旦那様と奥様がお決めになる。あの人はそのことを充分承知しています。だからああやって我儘を言って、身動きのとれない自分の身を忘れようともがいている。わたしは……お小夜さんがいたわしいと思う」

いたわしい。

それは、いとしい、に聞こえた。

先生も、お小夜さまがお好きなんですね。だったら先生がお小夜さまをお嫁にしてさしあげればいいのに。

それは無理なことなんでしょうか。

でも……そうなることを思っただけで、またやすの胸がずきずきと痛んだ。


「何ひとつ、思い通りにはならないこの世」

なべ先生は、歌でも歌うような調子で言った。

「けれど、この世に生を受けてしまった以上は、生き抜いていかなくては。お小夜さんには、堪えることをおぼえて貰いたいんです。あの人の性格では、よほど運良く気の合った人と夫婦にならない限り、この先の人生、我慢のできないことが多過ぎていらいらとして、気持ちがささくれてしまう。少しの我慢で楽になること、ちょっと堪えたらやり過ごせることもたくさんある。今日、おやすさんと遊ぶのを我慢したことで、この先おやすさんといる時間をもっと大切に感じるようになるでしょうし、おやすさんの仕事の邪魔にならないように考えて遊ぶこともできるようになる。そのほうがおやすさんにとってもいいでしょう?」

「……へい、けれど……百足屋さんにお遣いに出るのは、そうそうあることでは……」

「……それはそうだなぁ。何か理由が必要だ」

なべ先生は腕組みした。

「よし、わたしが何か考えてみます。せめて数日に一度でも、おやすさんとお小夜さんが会えるように」

「……先生は、お小夜さまにお優しいです」

「さっきも言ったが、わたしはあの人が気の毒なのですよ。わたしはこれまでの人生、けっこう好き勝手に生きて来ました。絵、という手段があったので、細々とながら一人で食べていくことも出来た。まあしかし、不行状が元で家を追い出されたわけだから、自慢できるような人生じゃありませんが。それでも、わたしは自分の吸いたい空気を吸って、行きたいところに行き、見たいものを見ることが出来る。人というのは本来そうであるべきなんです。それがゆるされない人を見ると、胸が痛くなります。でもね」

なべ先生は足を止め、やすを見た。

「これは内緒ですよ。わたしがこんなことを言ったなんて百足屋の旦那様に知られたら追い出されてしまう」

なべ先生は不思議な笑顔になっていた。

「黒船が来た時、わたしは思ったんです。もしかすると、この世は大きく変わるかもしれない、と」

「……大きく……変わる」

なべ先生はうなずいた。

「異国の人や物自体は、いくらあってもそれで世の中が変わったりはしない。長崎には昔から出島《でじま》があり、異人がおおぜい暮らしています。けれど徳川《とくがわ》の世は安泰でした。それは、長崎の異人たちは、自分たちの商売がうまくいくのであれば、幕府の意向に従う人たちだったからです。耶蘇教《やそきょう》を布教しないと誓い、出島から無断で出るようなこともしなかった。しかし黒船は違っていた。突然現れて、港を開くよう幕府に要求した。幕府の意向に従うどころか、幕府に対していきなり自分たちの要求を突きつけたんです。それはとても乱暴で不作法だが、新しい考え方だとも言えます。そのおかげで、幕府は今大変なことになっている。世の中が確かに動き出したんです」

「でも……怖くはないですか。わたしは怖いです。大きく変わる、それが良いほうにならいいけれど、悪いほうに変わることはないんでしょうか」

先生はまた歩き始めた。やすもそれに従う。

「さあ、正直なところわたしにはわかりません。悪いほうに変わるということもあるかもしれない。というより、良い悪いよりもまずは、混乱するでしょうね」

「こんらん……」

「ごちゃごちゃになって、わけがわからなくなる、んです。今でもすでにそうなりかけている。公方《くぼう》様がご病弱だというのは本当なのかどうかわかりませんが、幕府の内部にも争いがあるようですし、昨年のような地震がまた起きるんじゃないかという不安もあります。でもね、ただ怖がっていても仕方ない。世の中が変わるのであれば、どう変わっても生き抜けるように覚悟を決めればいいんです。そして世の中が変われば、もしかすると、誰でもがしたいことをして行きたいところに行き、見たいものが見られるようになるかもしれない。そんなことを考えると、少し楽しくなりませんか」

楽しく、はならなかった。楽しいなんてとても思えない。世の中が変わる、それはやっぱり、怖いことだ。

世の中が、どうかそんなに変わりませんように。

いつまでも、紅屋で働いていられますように。

やすは、大好きなはずのなべ先生の背中を、何か得体の知れないものでも見るような気持ちで見つめながら歩いた。

なべ先生のことは胸が痛くなるほど好きだけれど、先生の言葉はやすには時おり難し過ぎる。大き過ぎる。広過ぎる。

紅屋に着く頃には、空には一番星が輝いていた。春の宵、どこからともなく香る花の香。

勝手口にまわって戻りました、と声をかけると、政さんが飛び出すように勢いよく現れた。

「おう、やっと帰ったか。おやす、早く中に入って、味見をしてくれ。喜八がおまえの天ぷら出汁漬けをちょっと工夫したんだ。早く早く！」

「あ、あの」

「じゃあ、わたしは帰ります」

「あの、先生、待ってください。お茶の一杯も」

「早く帰らないと、お小夜さんがもっと臍《へそ》を曲げますから」

「あの、ほんとに少し、少しだけお待ちください！」

やすは台所に駈け込んだ。

「政さん、お願いがあります。揚げ油と揚げ衣を少し使わせてください」

「今、天ぷらを揚げたとこだから油はまだ熱い。衣も余ってるが、いったい何をするんだい」

「これを」

やすは風呂敷を開き、蒸した笹《ささ》におたなさんがくるんでくださった、潰れたよもぎ餅を取り出した。

「なんだそりゃ、百足屋に持ってった餅じゃねえか」

「へい、わたしの粗相で、一箱箱を落としそうになって、お餅が潰れてしまいました。でもお味は美味しいので、持って帰って食べなさいと、百足屋のおたなさんが包んでくだすって」

「それはいいが、それで何をしようと」

「潰れていても、衣をつけたらそうとはわかりません」

「衣？」

「こちらに戻る道々、ちょっと思いついたんです。よもぎ餅を天ぷらにしてみたらどうかなって」

「よもぎ餅の、天ぷらぁ？」

政さんが目を丸くした。

「おい、餅にはあんこが入ってるんだぞ、揚げたって甘いまんまだぞ」

「甘い天ぷらか」

喜八さんがやすの手元を覗《のぞ》き込んだ。

「そんなものは食べたことがないが……」

「長崎のかすていらは、とても甘いそうです。かすていらは小麦の粉と卵で出来ていると政さんから教わりました。天ぷらの衣も、小麦の粉と卵です。甘くてもいいのじゃないかと」

言いながら、やすは潰れたよもぎ餅に衣をつけ、手早く揚げ油に放《ほう》り込んだ。火からは下ろしてあったが、まだ充分に熱い油の中で、天ぷらにうっすらと色が付く。

それを箸でつまんで油から出して、笊《ざる》にのせた。

「油はよく切ったほうがいいな」

喜八さんが言った。

「そいつは油っぽいとまずくなりそうだ。政、紙があれば紙にとって、油をよく切ってやれよ」

いつの間にか、なべ先生も台所に入って来て見物している。

じりじりと待って、油がたいがい切れたところでようやく、政さんが言った。

「おやす、食ってみろ」

「いやその試し食いは、わたしにさせてください」

なべ先生が言って、寺子屋《てらこや》の子供のように手を挙げた。

「おやすさん、わたしに食べさせようと作ってくれたんでしょう?」

「……へい。送っていただいたお礼にと」

「ならば遠慮なく」

なべ先生は、箸でよもぎ餅の天ぷらを持ち上げ、勢い良く齧《かじ》りついた。

「あっ、あっちっちっちっちっち!」

「先生、大丈夫ですか!」

「いや、あつい、あつい、あついが……う、うまい!」

なべ先生は目に涙を浮かべながらも、はふはふと餅の天ぷらを一個丸ごと頬ばってしまった。

「これは、うまい、うまいです！　あつくてうまい！　それでもってすごく甘い！　いや不思議だ、揚げないよもぎ餅よりずっと甘い！」

「なるほど」

政さんがうなずいた。

「人の舌ってのは、食べるもんの熱さ冷たさで味の感じ方が違ってくる。甘さは冷たいと感じにくい。だからよく冷やすと、そのままでは甘過ぎて使えない黒蜜《くろみつ》が美味くなるんだ。逆に熱いと少しの甘さでもすごく甘く感じる。麹《こうじ》の甘酒は冷たいとほんのり甘いが、熱くすると少しずつでないと飲めないくらい甘いもんだ」

「だから元のよもぎ餅より、揚げたほうが甘く感じるんですね」

なべ先生は納得してうなずいた。

「面白いものですね、料理って」

「しかしこれは、ただ潰れたのをごまかす料理じゃないな」

喜八さんが腕組みして言った。

「これは面白いもんが作れるぞ。少しの甘さでも甘く感じられるなら、たくさん食べなくても満足できるってことだ。もっと小さい餅を作って揚げてみたら。品のいいものになる。宴会の最後に出したら……あっ、いけねえっ！」

喜八さんが叫んだ。

「うっかり長居しちまった！　戌《いぬ》の一刻から宴会が始まるんだ、もう帰らねえと！」

「気をつけて帰れよ。おやすの天ぷら出汁漬け、出してみて評判がとれたら教えてくれ。うちでも出してみる」

「あいよ」

喜八さんが走り出して行くと、なべ先生もいとまを告げた。台所にいた女中たちが見送りに出る。やすもなべ先生を見送りに出たかったが、政さんと残った。


「あれが絵師の先生かい」

「へい。河鍋《かわなべ》先生です」

「気さくな人だな」

「とてもお優しい方です」

政さんは、作りっぱなしでやすが味見をしていなかった、喜八さんが工夫したという出汁漬けに箸をつけた。

「……これは……山菜が、かき揚げに？」

「そのほうが、出汁でさらさらした飯に合うだろう？　今夜はもう百足屋では、天ぷらを揚げちまったらしいから、これは出せねえが、こっちのほうが食べやすくていいんじゃねえかって。おまえはどう思う？」

「へい。……かき揚げだと、出汁にほとびてご飯粒によく絡みます。お味はこちらのほうがいいです。でも」

「でも？」

「山菜を食べるのは、春を食べたいからですよね」

「まあそうだな」

「春の香り、春の音。ウドのしゃくしゃくとした歯ごたえ。こまかく刻んでかき揚げにしてしまうと、その楽しみが減る気がしました」

「……うーん、なるほどな。そう言われてみればそうだ」

「山菜なら姿のまま揚げて、例えば海老と菊菜ならかき揚げに、と、都度違えてもいいと思います」

政さんは笑顔で、いつものようにやすの頭をがしがしと撫《な》でた。

「まったく、おまえさんはどんどん成長するなあ。本当に先が楽しみになって来た」

先が楽しみ。わたしの、先。

この世が変われば、わたしが料理人と呼ばれて政さんのように働ける、そんな

「先」も来るのだろうか。

「ちょっとあんたたち」

おさきさんの声がした。

「二人で新しい献立でも試してるんだったらそれもいいけど、そろそろ急いでくれないと、夕餉の支度が間に合わないよ！　お客様の旅の疲れが吹っ飛ぶような、紅屋自慢の料理を早く作っとくれ！」

「よし、こら勘平、勘平はどこ行った？　勘平、ごぼうは洗ったのか！　おまきを手伝って笹がきを作れ！」

政さんの怒鳴り声に応じて、どこか遠くから勘平の、へーい、という返事が聞こえた。きっと階段の下あたりにもぐり込んで眠っていたに違いない。

やすは、ふふ、と笑って前掛けを締めた。

隙間《すきま》風《かぜ》がそよと吹き込んで頬を撫でる。

春の夜の、少し柔らかな風だった。

十　勘平とたけのこ

春が過ぎて、雨の季節が近づいていた。

山にはほととぎすの鳴き声が響き、筍《たけのこ》料理もそろそろ仕舞になる。筍が出る季節には、勘平《かんべい》とやすは政《まさ》さんと朝一番で竹藪《たけやぶ》に入り、筍を掘った。土からすっかり顔を出してしまっている筍は硬くて味が落ちる。ほんの少し、土が持ち上がって穂先が見えるか見えないかくらいが食べ頃だ。政さんはとても目ざとくて、朝もやの中でも筍の穂先を見逃さない。筍掘りはけっこうな重労働なのだが、やすは、しんと静まりかえった竹藪の中、政さんの息遣いを耳にしながら汗をかく時間が好きだった。

「若竹煮も今日で仕舞だな」

掘り出した筍を背負い籠《かご》に入れながら、政さんが言った。

「もう太い筍はほとんどない。これから生えて来るのは細くて食べるところがないし、えぐみが出るのも早いから料理には使えない」

「醬油《しょうゆ》で煮返してる硬いとこは、いつ料理するんです？」

勘平が訊《き》く。政さんは、煮物や筍飯などには柔らかいところだけ使い、根元の硬いところは醬油と味醂《みりん》で煮て、筍の季節が終わるまで大鍋《おおなべ》で煮返していた。そろそろ季節も終わる今、大鍋一杯に筍の佃煮《つくだに》ができあがっている。

「去年塩漬けにした山椒《さんしょう》の実、あれの塩出しをして、筍の佃煮に入れてもう一度煮たらできあがりだ。しっかり煮詰めておけば日持ちするから、しばらくは朝餉《あさげ》の膳《ぜん》に添えられる。旬が外れてからでも、飯の友にちょっと筍があるのはいいもんだろ」

「あーあ」

勘平が腰を伸ばして呻《うめ》いた。

「おいら、筍掘りを毎朝やって、腰が縮んじまった」

政さんは笑った。

「その歳《とし》で何を爺《じい》さんみたいなこと言ってやがんだ、情けない」

「筍は美味《うま》いから好きだけど、掘るのはしんどいですよお」

「紅屋《くれないや》のこの竹藪は孟宗《もうそう》で、柔らかいし香りもいいから美味いが、真竹《まだけ》や淡竹《はちく》の筍は硬いんだぞ」

「竹にもいろいろあるんですね。竹藪なんてみんな同じに見えるのに」

やすが思わず言うと、政さんは、生えている竹の節のところを指でなぞった。

「この節の輪っかが一本で、ほら、輪の下に粉をふいたみたいなのがあるだろう。これが孟宗」

「もうそう、って、唐《から》の人の名前だとか」

「らしいな、俺《おれ》はそこまで知らねえけどな。真竹はこの輪が二本ずつあって、粉みたいなものはないし、色が鮮やかだ。淡竹は白っぽくて汚れたみたいな色で、輪っかは二本。筍を採るんなら孟宗がいい。他の竹でも筍は食えるが、よほど生えたばかりの幼いものじゃないと、細くて硬いし、香りも薄い。硬いものでも塩漬けにすれば煮物くらいなら使えるが、無理して食うほどのもんじゃないな。けどな、もっと旨《うま》い筍があるんだ」

「孟宗より美味《おい》しい筍ですか！」

「政さん、それを掘りに行きましょうよ。おいらそんなに旨い筍なら、少しくらい腰が縮んでも食べてみたい！」

「それがな、このあたりには生えてねえんだ」

「どこに生えてるんです」

「俺が食べたのは信濃《しなの》の山里だったな。紅屋で働き始めた頃《ころ》に、大旦那《おおだんな》様が信濃に旅するお供《とも》をしたんだ。大旦那様は若い頃から、あちこち旅をなすっては、その土地のもんを食べ、珍しい料理があれば、どうやって作るのか訊《たず》ねたりして、紅屋で出す料理に使えないかと調べてらした。信濃でも大旦那様は、善光寺《ぜんこうじ》参りしたくらいであとはもっぱら、食い歩きだった」

「羨《うらや》ましいなあ。おいらも大旦那様のお供で食い歩きがしたい」

「勘平、おまえなんざ連れて歩いても何の役にも立たないだろうが」

「そんなことないです。おいらだって、大旦那様のお荷物くらい背負えます」

「ちょっと重いもん背負えば腰がどうのこうの、少しばかり長い道を歩けば足がどうだこうだって、愚痴ばっかり垂れてるくせに」

政さんは笑って言ったが、とても優しい声だった。勘平は確かに文句ばかり言っているが、それでも日増しに逞《たくま》しくなり、政さんにとって頼れる弟子になりつつある。

「で、ある宿で、味噌汁《みそしる》の中に入っていたのがその筍だった。太さは大人の指くらいの、細い細い筍だ」

「え、そんなに細いの？」

「ああ。こんな竹林の竹から出来るもんじゃなく、笹《ささ》の筍だったんだ」

「笹？　笹にも筍ができるんですか」

やすが驚いて訊いた。

「笹ならこのあたりにもたくさんありますよ」

「このあたりの笹には、食べられるような筍は生えない。指くらいの細さの筍が出来るのは、寒くて冬にたくさん雪が降るところの笹だ。雪の重みで根が曲がるから、ねまがり、と言うんだそうだ。信濃ではそのねまがりを編んで、籠や笊《ざる》などを作る。そのねまがりの筍が、実に美味かった。あんまり美味かったんで、宿の主《あるじ》に頼みこんで、翌朝早くに山に連れていって貰《もら》って、ねまがりの筍を採った。すると主は、採れたては山の焚《た》き火《び》で焼いて食べるのが一番美味いんですと言って、その場で火をおこして焚き火をし、採った筍を皮ごと放《ほう》り込んだ。で、もういいです、と皮の焦げた筍を棒切れでひっかき出して、まだ熱いのを、あちち、あちち、と言いながら剝《む》いてくれたんだ。それを口に入れた時、俺は、こんな美味い筍は初めてだと思った。大旦那様も言葉が出ない様子だったなあ」

政さんはその時の味を思い出したのか、働く手を止めて遠くを見る目をしていた。やすは、知らずに口の中にたまった唾《つば》をごくっと呑《の》み込んだ。ふと見ると、勘平は唾を呑み込み損ねて口の端から垂らしていた。

「勘ちゃん、よだれ」

やすは手ぬぐいで勘平の口まわりを拭《ふ》いてやった。

「政さん、ひどいなあ。そんな話を聞いちゃったら、おいらもう、そのねまがりの筍のことばっかり頭に浮かんで、口の中唾でいっぱいで、おいらどうしたらいいかしら」

政さんは、拳固《げんこ》でこつんと勘平の頭を叩《たた》いたが、ちっとも痛そうではなかった。

「筍のことで頭が一杯になったんなら、その筍をどうやったらいちばん美味く食えるか、料理の一つも考えてみろ。食べたことのないもんでも、どんな味か想像して、その味に何の味を足せばもっと美味くなるか考えるんだ。孟宗とねまがりじゃ確かに味は違うが、違うと言っても筍は筍、わずかなえぐみや甘さ、歯触りなんかは近い。だが指くらいの細い筍は、太い孟宗と同じ料理にしても面白くないし、それでは細いぶん、孟宗の押し出しに負けちまう。細い筍をその細さを活《い》かして料理するにはどうすればいいか、よだれ垂らしてぼーっとしてる暇があったら考えるんだ」

「政さん、でもおいら、料理を考えたことなんかないんです。おやすちゃんはそういうの得意だけど、おいらには出来ないよ」

「考えたことがないのと、出来ないのとは違う。勘平、おまえが料理よりも算盤《そろばん》のほうが好きなのはわかってる。いずれ一人前の奉公人になったらおまえの算盤が役に立つだろうし、おまえが料理人よりも商家の番頭になりたいと思うなら、そういう道もある。けど今はまだ、おまえは見習いの小僧だ。あれがやりたいこれはやりたくないと選《え》り好み出来る身分じゃない。今はとにかく、俺がやれと言ったことはやるんだ」

「……へい」

「やってみて、それでも出来ねえならその時にまた、俺が次の手を考える。だからおまえは、俺に言われた通り、まずはやってみろ。おまえの親は、おまえが将来包丁一本で食っていけるようにと料理人にしたがったんだろうが、料理屋でなく旅籠《はたご》に預けられたのは、おまえに運があったのかもしれねえよ。紅屋にいれば料理のことだけでなく、客あしらいや、季節ごとの部屋の調度のしつらえ、野菜や魚の仕入れやら、布団の綿の打ち返しまで、いろんなことが学べるからな」

「……おいら、料理人がいやだってわけでもないんです……何になりたいのか、おいらもまだよくわかんないし」

「焦ることはねえよ。人間五十まで生きるとして、まだおまえには三十六、七年もあるんだ。今は俺の言う通りにして、とにかくこつこつ努力する。そうしているうちには、自然と道が開けて来るもんだ」

「へい！　おいら、細い筍の料理、考えます！」

勘平が元気良く言ったので、やすはほっとした。

筍の籠を背負って紅屋に帰ると、もう朝餉の支度が始まっていた。筍は掘ったらすぐに茹《ゆ》でないと、一刻一刻えぐみが増す。おまきさんが手慣れた所作で筍を大釜《おおがま》に次々と放り込んだ。大釜には米のとぎ汁がぐらぐらと煮たっている。

茹で上がると皮を剝いて、部位ごとに切り分ける。穂先と柔らかな中ほどは、夕餉のお膳に。根元の少し硬いところは朝餉の味噌汁に。いちばん硬いところは、醬油と味醂で煮込む鍋に入れられた。

やすはうきうきと仕事をした。あと一日はたらいたら、明日はお小夜さまにお会いできる。

毎月朔日《ついたち》と中日《なかび》の十五日に、やすは百足屋《むかでや》に出かけて、なべ先生に絵を習っている。お小夜《さよ》さまがやすと遊べるようにと、なべ先生が政さんに相談して取り決めてくださって、旦那様には政さんがおゆるしをいただいた。以前から政さんはやすに、料理の絵をさっと描けるように練習しろと言っていた。絵で描けば、野菜や魚をどう切ったらいいのか、盛りつけはどうしたらいいのか一目でわかる。実際、政さんは絵が上手で、皿にどんなふうに盛りつけるか筆でささっと描いてくれるので、お勝手女中たちも盛りつけに困らない。

やすは、自分の絵はひどいものだと思っているが、それでもなべ先生がちょっとしたこつを教えてくれるたびに、自分でも驚くほどに絵が良くなるのには感心していた。やはり本物の絵師様はすごい。

明日は、百足屋さんまで青梅の蜜《みつ》漬けの小さな樽《たる》を提げて行くことになった。今年も梅仕事の季節になったので、昨年漬けた蜜漬けは、形の悪いものから奉公人のおやつに下げられる。形が悪いと言っても味に変わりはない。紅屋の裏庭で採れた青梅は、砂糖漬けや蜜漬け、あるいは塩漬けにされる。梅干しには、青梅ではなく熟れた梅を使うが、裏庭の梅でも梅干し用と青梅用とでは木が違う。梅が実る季節になると、梅仕事で忙しくなる。

まずは青梅。小梅は塩漬けに、大きな実は砂糖に漬けて蜜梅にする。酒に漬けることもできるらしいが、紅屋では梅の酒は作らない。

青梅が終わると、熟した黄色の実で梅干しを作る。桶《おけ》で塩漬けにし、梅酢が上がったら赤紫蘇《あかじそ》を塩もみして加えて、白黴《しろかび》が生えないように気をつけながら梅雨明けを待つ。土用《どよう》の頃には梅雨が明けるから、梅を取り出して赤紫蘇と共に笊で干しあげる。日のあるうちは外に干し、日が沈んだら取り込んで梅酢に戻し、翌朝また笊に上げて干し、これを繰り返して三日か四日。適度に皺《しわ》が入って塩を吹いたら、最後の夜は外に出したままで夜露に当てる。

青梅にしても熟した梅にしても、小さなへたを丁寧に取り除くのがやっかいだった。特に梅干しを作る時は、実が柔らかいので傷をつけないようにそっと扱う。実に傷があると黴が生えやすいのだ。この季節は、春によもぎ餅《もち》を作った時のように、女中総出で梅仕事にあたる。


今日もお勝手は梅の香で満ちていた。早成りの小梅はもう塩漬けが済んでいて、その小梅の樽から、政さんが白梅酢をすくっていた。

「昔はこれを醬油の代わりにしていたんだ」

政さんは、白梅酢を壺《つぼ》に移しながら教えてくれた。

「今でも梅酢はいろいろと料理に使えて重宝する。おやす、おまえならこの白梅酢で何を作る？」

政さんは、小皿にとった梅酢をやすに差し出した。やすは小指をちょんと梅酢につけて、舌で舐《な》めた。

「しょっぱい」

「醬油の代わりにしたくらいだから、そりゃしょっぱいな」

「でもいい香りです。酸っぱさも、お米のお酢より柔らかい」

「酢の物に使うと品のいい酸っぱさになるが、ちょっと弱いかな。俺はこいつに胡瓜《きゅうり》やら茄子《なす》やらを塩もみして漬け込んで、京で食べられているしば漬けみたいなもんを作る。しば漬けは塩で漬けて醸すんだが、梅酢に漬けると醸す手間が省けるんだ。生姜《しょうが》を刻んで漬けてもいい。さて、おやすならどうする？」

やすは小指をもう一度小皿の梅酢につけて舐めた。

「漬物なら、大根や蕪《かぶ》もいいです」

「うん、そうだな。色も綺麗《きれい》だ」

「けど、漬物では当たり前で、お膳に出してもお客さんをびっくりさせることはできませんね」

「まあそりゃ、赤い大根の漬物が出て来ても、赤紫蘇を使った漬物なんかいくらでもあるからな。漬物以外ならどうする？」

「へい……白身の魚、たとえば平目を漬けたらどうでしょう」

「平目を？　……なるほど、もともと梅酢は醬油の代わりに刺身につけて食べてたもんだ、ならば魚を漬けちまってもいいわけだ」

「桜色の平目のお刺身なら、お客さんをびっくりさせられますね。あとは……お豆腐を濾《こ》して寒天で固める時に少し使えば、桃色の寒天豆腐になりますね」

考え始めると、次々と思いついた。今すぐにでも試してみたい。実際に料理してみたら、予想に反して美味しくないということもある。色にしても、思っているような品のいい桃色にはならず、どぎつい下品な色になってしまうかもしれない。こちらの思い通りにいかないのも料理だ。

「寒天豆腐に使うなら、細長く切ればもっと面白いです」

「ところ天みたいにか」

「寒天豆腐は崩れやすいので、もう少し太くできないでしょうか」

「そう言えば、天突きの穴が普通のもんより大きいのがあるって聞いたことがあるな。道具屋に相談してみるか」

二人で盛り上がっているところに、勘平が浮かない顔でやって来た。

「親方ぁ」

「勘平、俺は料理人だ、大工や左官じゃねえんだ。親方ってのはやめろって言っただろうが」

この頃勘平は、品川宿の小僧仲間に友達が出来たようで、その子たちの言葉遣いを真似《まね》するようになった。

「なら、お師匠さま」

「俺は寺子屋の先生でも三味線《しゃみせん》の師匠でもねえよ。前のように、政さんと呼べって」

「けど、おいらの仲間で自分の師匠のこと、さん付けで呼んでるやつなんかいません」

「別にかまわねえだろうが、俺がそうしろって言ってんだから。それよりなんだその、シケた面は。腹でも壊したか」

「政さんはおいらに言いつけといて、すっかり忘れてるんだ」

「なんのことだい」

「細い筍の料理を考えろって、今朝おいらに言ったじゃないですかぁ」

「言ったが、筍の季節はぼちぼち終わりだ。ねまがりを手に入れられるとしても来年の話だよ。それまでに考えたもんを帳面にでもつけておけ」

「そんなぁ、来年まで考えっぱなしでいたら、おいら、頭ん中に筍が生えちまう」

やすは、ぷっ、と噴きだした。勘平は、頭の中、と言ったのだが、やすはつい、勘平の頭から筍が生えている絵を思い浮かべてしまった。

「てことは、いくつか考えついたんだな？　だったら言ってみな。試してみることはできなくっても、味の予想はおおかたつけられるから」

「へい！」

勘平は着物の合わせから帳面を取り出した。番頭さんに読み書きを習う時の帳面らしい。勘平は字を書くのが好きなのだ。

「えっと、まずは、ぐるぐる筍」

「ぐるぐる？」

「細長い筍を茹でまして、ぐるぐるっと渦巻きみたいに巻きます。それに竹串《たけぐし》を刺して巻いたのがほどけないようにして、できあがり」

「あら、面白い」

やすは思わずそう言った。

「確かに孟宗の筍じゃ、ぐるぐる巻けないもんね」

「ぐるぐるはいいが、茹でただけか？　味付けはどうすんだ。どんな味にする」

「味付けは……味噌でもつけてそのまんま」

「ばか。そんな適当なもんを客に出せるかい」

「けど筍は茹でただけでも美味いです」

「他には！」

「へいへい、お次は、ぴーひゃら筍」

「なんだその、ぴーひゃら、ってのは」

「笛ですよ、笛。これは評判になって、江戸でも大流行《おおはや》りしますよ。筍に穴を開けて横笛にするんです。ほらあの、ぽっぺんだって江戸で大流行りしたんでしょう？　あんなの、ただ、ぽぺん、ぴこん、ってビードロがへっこむ音がするだけなのに流行ったんだから、筍がぴーひゃらって吹けたら大騒ぎですよ、きっと」

「大騒ぎなのはおまえのすっからかんの頭ん中だけだよ」

政さんは笑っていいのか怒っていいのか困ったような顔で言った。

「いいか、筍ってのは竹の新芽みたいなもんだ。孟宗の筍なら、二つに割れば、大きくなって節になる部分がびらびらとあって、中が空洞じゃねえってわかるだろ。ねまがりだって笹の新芽、新芽が空洞じゃ笹になれねえ。ねまがりを見たことがなくっても、中が空洞じゃないかもしれないくらいのことは想像できるだろうが。笛にするなら中身をくり抜かないとなんねえが、食って旨い部分をくり抜いちまったら、どこを食えばいいんだい」

「……笛なんだから、食わなくってもいいんです」

「それじゃ料理じゃねえだろうが。食えないもんを客の夕餉の膳に載せるつもりか」

やすは堪え切れずにけらけらと笑った。勘平はムッとした顔でやすを睨《にら》み、さらに帳面をめくる。

「だったら、えー、次はどんどこ筍。どんどこってのは太鼓を叩いた音なんです。細い筍なら太鼓のバチの代わりに」

「もういい」

政さんは勘平の頭に、いつもより少しだけ痛そうな拳固をこつんと落とした。

「おまえの考えは、食い物で遊ぶっていう悪さと変わらんぞ。前から言ってるだろう、どんな食い物でもみんな命なんだ、その命を料理して食う、それは考えたら、罪深いことかもしれねえんだ。けど人ってのは何か食わないと生きられない。罪深いことでも、野菜や魚や卵を食って生きるしかない。だったらせめて、料理する野菜や魚、卵を丁寧に、大事に扱うのが料理人の心意気ってもんだろう。細い筍を茹でてぐるぐる巻いて串に刺す、そのくらいまではいい、味噌をつけただけでも食えるだろう。だが笛だの太鼓のバチだのは、ただの悪ふざけだ。奇をてらって変わったことを考えれば俺が感心するとでも思ったか？」

「……ごめんなさい」

勘平はしくしくと泣き出した。少しは逞しくなったと思っていたけれど、泣き虫なところはまだ直っていない。

「でもおいら、味を想像する、なんてのが出来ないんです。味のことより、細長い、細長いって形のことばっかり気になって」

「勘ちゃんは、いろんなものの形に興味があるのよね」

やすは思い出して言った。勘平は幼い頃から、道を歩いていても何か気になるものを見つけると、その前に座り込んでいつまででも眺めていた。そのせいでお遣いに出ても鉄砲玉のように戻って来ないことがあった。花が好き、虫が好き、石ころが好き、というのでなく、花でも虫でも石ころでも、何か気になると眺め始めてしまう。やがてやすは、勘平が惹《ひ》かれるのはそのものの、形、なのだと気づいた。

なんでこの花はお星さまみたいな形なの？　お星さまの子供なの？

どうしてこの虫は、前脚が鎌《かま》のような形をしているの？

この石は平べったいけれど、誰が潰《つぶ》したんだろうね。

勘平の問いかけは、どれもやすには答えられないものばかりだったけれど、なぜかそうした勘平の問いかけに、やすはわくわくした。自分はその不思議さに気づかなかったのに、勘平は気づいたのだ。勘平の目を通して見れば、この世は不思議だらけ、なぜ、どうしてで一杯だ。

勘ちゃんは、他の人に見えないものを見る目を持っている。やすはそう思っている。

「形か……」

政さんが腕組みして、何か考えていた。

「形。そうだな、料理の味は、形によっても変わる。形に目を止めるのは大事なことだな」

「味が形で変わるんですか？」

「なんだおやす、今までそのことに気づいてなかったのかい。おまえは野菜の切り方もいろいろと工夫していたじゃないか」

「へい、けどそれは、切り方を変えると舌触りやら味の染み込み具合が変わるからで……」

「それが、形が味を変えるってことだよ。どの料理にはどんな切り方をすればいいのか、それを試しながら見つけていくのも料理の道だな。だがどうも、勘平はそういうんじゃなくて、形そのものに惹かれる性質《たち》らしい」

勘平は、そうそう、と頷《うなず》いている。

「だがな、勘平。ものの形に惹かれるのが悪いわけじゃねえが、そればっかりに気をとられて味がおろそかになったり、食べてくださる人の気持ちが汲《く》めなくなるようじゃ、料理人としては失格だ。世の中、自分がしたいことだけやってたんじゃ生きて行くのにいろいろとさし障るもんなんだ。やりたくないことばっかりやれと言ってるじゃねえ、やりたいことばかりやるな、って言ってるんだ。その違いはわかるな？　やりたくないことは、できるだけやらなくていいんだ。それでもやらないとならねえことは、きちんとやれ。おまえさんにとって、今は、料理の道を精進することが、どうしてもやらねえとならねえことなんだよ」

「へい」

勘平は頭を下げた。

「もういいから、炭の番をしてきな」

「へい」

勘平の姿が消えると、政さんは、ふう、と大きく息を吐いた。

「勘平のことは、もうちっと考えてやらねえとなんねえな。あいつは料理人には向いてねえよ。無理に仕込んでも、まあどっかの板場で鍋の番ができる程度の料理人にしかなれねえだろう」

「でも勘ちゃんは、味はわかりますよ。美味しいものは好きです」

「いや、あの程度はごく普通だ。普通の舌じゃ料理人として一流になるのは難しい。鼻もおやすの半分も利かねぇし、何より、味を頭ん中で思い描くことがまったくできねえ。あれはできねえってより、まるで興味がねえんだな。たまたま料理人の俺の親《しん》戚《せき》だったんで勘平の両親は俺に頼っちまったんだが、あいつの才は料理とは別のとこにありそうだ」

「勘ちゃんは算盤が好きです」

「ああ、そうだな。それも合わせて番頭さんと相談してみるよ。なんとか勘平にも、自分が得意なもので世の中渡って行けるようにしてやりてえもんな。まあその前に、もうちっと料理に興味が持てるようにしてやりてえが」

「何かいい方法がありますか」

「そうさなあ……まあ秘策がねえでもねえな」

政さんは、にやっとした。

「暮になったら、あいつに面白いもんを見せてやれるかもな」

「面白いものなら、わたしも見たいです」

「ああ、おやすにも見せてやるよ。楽しみにしておいで」


面白いもの、ってなんだろう。

寝床に入ってから、やすはいろいろと考えていた。隣りの布団からは勘平の寝息が聞こえて来る。屋根裏部屋は奉公人たちの寝床だが、勘平とやすは見習いの身なので、いちばん端の、屋根が斜めになった狭いところに布団を敷いている。枕元《まくらもと》には、宝物の箱。お客様にいただいた朱塗りの櫛《くし》と、なべ先生にいただいた、海の絵がしまってある。

面白いもの。

勘ちゃんが面白いと思うものってなにかしら。暮にならないと見られないもの。暮までは半年ほどもある。

考え始めると気持ちが昂《たか》ぶって、あれやこれやといろいろなものが頭に浮かんだ。横浜村で流行っているという、写真、というものは面白そうだ。とてつもなく細かくて本物にそっくりな絵が、たちどころにできてしまうらしいが、いったいどんな絵筆を使っているのだろう。

異人さんたちの服装も、じっくりと見てみたい。大通りは異人さんが通ることもあるが、見物に行くのは大旦那様が禁じられた。異人とは言え同じ人、じろじろと見世物でも見るように眺めては失礼だ、と。けれど、異人の女の人が着ているという、妙な形の着物には興味があった。ああでも、勘ちゃんは異人の着物なんか面白がらないわねぇ。しかも勘ちゃんが料理好きになる秘策には、なりそうもない。

やっぱり何か食べる物と関係しているのかしら。

あれこれ考えていたら、だんだんと眠気が消えてしまい、どんどん意識がはっきりして来た。

しばらくそのまま、寝つこうと努力してみたけれど目が冴《さ》えるばかりだったので、やすは諦めて寝床から出た。

そっと足音をしのばせて屋根裏から降り、お勝手口から裏庭に出てみた。

夏が始まる、夜の匂《にお》い。

浴衣《ゆかた》一枚でも寒いと感じない。むしろ、少しだけひんやりとした夜気が頬《ほお》に気持ちいい。

紅屋の裏庭は松林に面していて、松林を抜けるともう海が見える。すっかり慣れっこになって普段は気にすることもない潮の香りが、しんと静まりかえった夜には強く鼻をくすぐる。

下駄をつっかけて一歩裏庭に踏み出すと、胸がどきどきと鳴った。子供の頃ならばこっそりと夜の庭に出ていても、早く寝なさいと叱《しか》られるくらいで済むのだが、おなごが十五になればそれは「してはいけない、はしたないこと」、罪になる。夜に出歩いてゆるされる女は夜鷹《よたか》だけ。

庭から出なければ、いいわよね。

やすは自分に言い訳をして、井戸まで歩いた。毎日毎日、水桶《みずおけ》をかついで何度も往復する小道が、月あかりに照らされてぼんやりと輝いているように見えるのが、とても不思議だった。

音をたてると誰かに聞き咎《とが》められてしまうので、つるべをたぐることが出来ない。お水を少し、顔にあてたかったのに。と、出しっぱなしのたらいを見つけて、やすは苦笑した。勘ちゃんたら、また。

そのたらいの底に少しだけ水が残っていたので、そっと掌ですくって頬にぴしゃっとあてた。

冷たい。けれど、しびれるような冷たさではなく、とても心地の良い冷たさだ。やすは井戸の先、少しだけ視界が開けて、松林の間から海が見えるところに座り込んだ。そこにはまるで誰かが置いた腰掛けのように大きな平たい石があって、紅屋の奉公人たちはそこに座って休むのが好きだ。けれどたいていは、古参の女中や男衆が煙管《きせる》を片手に陣取っているので、やすや勘平がその石に座ってのんびりすることはなかった。

今なら。

やすは胸の高鳴りを抑えながら、平らな石に座ってみた。月に薄い雲がかかったのか、光が弱くなる。松林はただ黒いだけで形もわからない。海も見えない。ただ波の音だけが聞こえている。

あれ？

今、何か動いた……？

やすの背筋に寒いものがさっと走った。品川は人も建物も多く、山の獣は滅多に降りて来ない。それでもたまに狸《たぬき》が姿を見せることはあるけれど……狸だろうか。狸なら、怒らせなければ噛み付いたりしないだろう。でも狸は化かすらしいから、気をつけないと。

そっとあとずさりしながら、やすは息を殺していた。狸ならいいけれど熊《くま》だったら困る。品川に熊が出たという話は聞かないけれど。

また、それが動いた。今度は雲の切れ間から月の光が落ちて、はっきりと見えた。

人だ！

人。それもあの姿は……女人。

海からの強い風をやわらげる為に植えられている松林と、紅屋の裏庭、いや、紅屋同様に街道沿いの海側に建っている旅籠の裏庭はなんとなく繋《つな》がっているので、その細長い敷地との間には、あまり手入れのされていない草地が広がっている。潮風のせいでその草地を畑にしても野菜はうまく育たないので、いつからか使わなくなった道具などをほうっておく空き地になっていた。その空き地に、こんな真夜中に女人の姿。

やすは息を殺し、身を低くした。夜中に女が一人で出歩くなんて、それだけでもまともなことではない。しかも、昼間でも人がよりつかないような、古道具がうち捨てられた荒れた草地だ。

雲がすべて晴れたのか、あたりが不意にとても明るくなった。草地に立つ女の姿がはっきりと見えた。細くしなやかな立ち姿、背中の線の美しさから、若い女だと判《わか》った。長い髪を簡単にまとめただけの、湯屋の帰りのような風情《ふぜい》だが、こんな真夜中に開いている湯屋はない。それではあれは……話だけは聞いたことがある、夜鷹、という人なのだろうか。夜鷹は、どこでも客がとれるように、むしろを巻いて持っていると聞いたけれど。

あっ。

やすはさらに身を低くした。草をかき分ける足音がして、男が現れた。

女は飛びつくように男の腕の中に倒れ込み、男はそれを抱きかかえ、二人は溶けて一つになったかのように、動かなくなった。

やすは、胸がどくどくと鳴る音があまりに大きく響いているようで、自分の胸を押さえてうずくまった。

逢い引き。

あの二人は、好き合っているんだ。けれどおおっぴらにはできない何かの事情がある。

男がからだを半分回転させるように動いたので、月の光が男の顔を照らした。

やすは、その人を知っていた。

十一　秘めた想い

「おやすちゃん、どこか痛いところでもあるの?」

お小夜さまにそう訊かれて、やすは我に返った。

「なんだか今日は上の空ね」

「すんません」

確かに今日は、何をしていても昨夜見た光景が目の前をよぎって、上の空になってしまう。

月光の中であの人の顔を見てしまい、驚いて逃げ帰った。なので、あの二人があれからどうしたのかはわからない。寝床に戻り、どきどきし続けていた胸を押さえながら眠った。まったく寝られないのではと思ったけれど、やはり昼間の疲れがあるのか、いつのまにか眠ってしまった。鶏《にわとり》の声が聞こえて目が覚め、水汲みに行くついでに草地に目をこらしてみたけれど、夏が近づいて生い茂った草には何も変わったところはなかった。

「せっかくこうして一緒に遊べるのに、おやすちゃんがそんなんじゃ、つまらない」

お小夜さまはすねて見せる。やすは、すんません、すんませんと謝りながら、少しおかしくて笑いそうになった。お小夜さまがすねると、年下のやすの目から見ても、幼く愛らしく感じられる。

「ほんとにすんません。ゆうべ、ちょっと寝そびれてしまいました」

「おやすちゃんでも寝そびれるなんてことがあるの？　おやすちゃんは毎日とても忙しくて、だから疲れて、お布団にくるまったらすぐに眠ってしまうのかと思ってた」

お布団にくるまる。そんなふうにして眠ったことは、生まれてから一度もない。背中に敷くぺたんこのせんべい布団はゆるされているけれど、掛け布団を使うなどという贅沢《ぜいたく》は、奉公人の分際でできるはずがなかった。掛け布団の代わりに奉公人たちが使っているのは夜着である。古い着物をはぎ合わせて綿を少し詰めた、着物の形をした薄い布団だ。袖《そで》があるので肩が冷えないから、冬にはそれなりに重宝なものだけれど、いかんせん綿が少なくて薄いので、冷え込む真冬の夜は辛《つら》い。

お小夜さまは、小さな板切れに絵を描いていた。やすの絵よりは少しましだが、決して上手とは言えない腕前だ。けれどお小夜さまの絵を、やすは好きだと思っていた。お小夜さまは、小さくて愛らしいものしか描かない。今はやすとだらだらおしゃべりをしながら、ひよこをたくさん描いている。

今日は朔日《ついたち》、やすにとっては何より楽しみな、なべ先生に絵を習う日だった。が、なべ先生はいなかった。朝早く出立したという。

「江戸のなんとかいう絵の先生から呼ばれたんですって。それも昨日飛脚が手紙を届けに来て」

お小夜さまは唇を尖《とが》らせた。

「わたしがまだ寝ている間に出立してしまわれたの。ひどいわ、ご挨拶《あいさつ》もなしだなんて。それなのに、お見送りしたおたなに言付けなすったのよ、今日の絵の習いは自習にしますから、おやすさんと二人でちゃんと絵を描いていてください、ですって！」

そんなわけで、やすも墨をすって絵を描いていた。

「……河鍋《かわなべ》先生、もう帰って来ないかも」

お小夜さまがそう呟《つぶや》いたので、やすは筆を落としてしまった。せっかく描きあげた、ふろふき大根の絵に、転がった筆先から墨が飛んで点々と汚れがついた。

「それは……なぜでしょうか」

「おやすちゃん、声が震えてる」

お小夜さまは、ふふ、と笑った。

「ごめんね、おやすちゃん。でもわたし、わかってるの。おやすちゃん、河鍋先生のこと、好きでしょう」

「そ、そんな」

やすは首を思いきり横に振った。

「そんなめっそうもない！」

「隠さなくていいでしょ、ここにはわたしたち二人しかいないんだもの」

やすは思わず、閉まった障子《しょうじ》の向こう側、廊下に人の姿がないかと確かめてしまった。

「おやすちゃんは正直な人だから、心にあることがすぐ顔に出るわ。おやすちゃんは、先生のことが好き。それって別に悪いことじゃないけど、おやすちゃんが隠したいなら誰にも言わない」

でも、お小夜さまだって、と言いたい言葉をやすは呑み込んだ。そのやすの表情を見て、お小夜さまはまた、ふふ、と笑った。

「そうよ、おやすちゃんが思っている通りよ。わたしも先生のことが好き。男の方をこんなふうにお慕いするのは初めてのことなの。ここに来るまでは、床に臥《ふ》せってばかりのお母様と、じいやとばあや、手習いの先生、あとはたまに来る百足屋《むかでや》さんからのお遣いの人、わたしが知っている人って本当にそれだけだったから。あ、もちろんお父様のお顔は知っていたけれど、遊んでいただいたことは一度もなかった。お父様は月に一度くらいいらしていたけれど、わたしとは顔を合わせないようになすっていたの。……いずれどこかに養女に出すつもりだったから、情が移らないようになすってたんでしょうね」

お小夜さまは、色を塗る筆を置いて、両手を後ろについて背をそらせた。

「あー、疲れる。絵を描くのは好きだけれど、背中がくたびれてしまうわね。……お母様が亡くなられた時、わたしはてっきりどこかに養女に出されるのだと思っていた。どうして急に、お父様がわたしを引き取って百足屋の娘として嫁に出す気になったのかは、よくわからないの。そのことで百足屋の奥様とは大層揉《も》めたみたいだし、わたしはそんな無理をしてまでここの娘にならなくても良かったのよ。むしろあのまま、じいやとばあやと暮らしていければそれがいちばん良かった。でもここに引き取られてしまったからには、お父様のご期待には添わないと、そうは思っているの。だからわたしがいくら先生のことをお慕いしているとしても、そのことは誰にも言わないし、どうにもならない。おやすちゃんと同じ」

「百足屋の旦那《だんな》様にお願いしてみたらいかがですか。百足屋さんがなべ先生の後押しをされれば、きっと町絵師としても人気が出て成功されます。それならばお小夜さまを先生のところにと思ってくださるかも」

「それは無理」

お小夜さまは、ふう、と天井《てんじょう》に向けて息を吐いた。

「お父様の財で世俗的な成功を手にするだけでは、河鍋先生は満足されない。そんな小さな才ではないのよ、あの方は。あの方はきっと、後の世、何百年も先の世にも伝えられるような絵を描いて、お名前を残されるでしょう。もしかすると今のこの世には、あの方の才は大き過ぎるのかもしれない。おやすちゃんは気づいていないかもしれないけれど、あの方はそのくらいすごい方なのよ。そんな人と夫婦《めおと》になるなんて、わたしには無理。それに絵師の世界は、お金だけでどうこうなるものじゃないそうよ。

あの方と夫婦になる方は、絵師の世界に繋がりのある娘さんがふさわしい。わたしにはわたしの分というものがあるの」

そんなことを語るお小夜さまは、いつものお転婆な様子とはまるで違った、とても大人びた口調だった。

「わたしはお父様のお望みの通りの方に嫁いで、せいぜい跡取りとなる子を産んで、そのうちには旦那様がわたしに飽きてよそに女の人でも囲うでしょうから、そうしたら趣味でも見つけて気ままに暮らさせて貰うわ。それがわたしの、分だから」

「それで……」

やすは、口を閉じていることが出来なかった。

「それでお小夜さまは、お幸せになれるんでしょうか」

「さあ、そんなことはわからない。何が幸せかなんて、その時々で感じることは違うでしょ。でもね……こういうのは、巡り合わせなのよ。わたしのお母様は、百足屋の奥様のお心を踏みにじった。お父様のお妾《めかけ》さんになって愛されてわたしが生まれたけれど、それで奥様のお心は大層傷ついたでしょう。だから今度は、わたしが奥様になって、その思いを味わうことになるの。そういうものじゃない？　世の中って」

「それは……違います」

思いのほか強い言葉が口から飛び出して、やすは自分で驚いた。けれど止まらなかった。

「お小夜さまの母上様が何をされたとしても、その因果をお小夜さまがお受けになることはないと思います。母上様とお小夜さまとは、別々の人なのですから。その一生も、別々のものだと思います。お小夜さまは、ご自分が本当になさりたいようにされるべきなんです。それが叶《かな》わないまでも、そうできるかもしれないと信じて生きていただきたいんです」

「おやすちゃんがそんなこと言うなんて、意外だわ。おやすちゃんは自分の定めに逆らおうとはしないのかと思ってた」

「逆らいたいと思わないだけです。わたしは紅屋のお勝手で働くことが好きで、このままずっと働いていたいんです。でももし……それが続けられなくなることになれば、逆らうかもしれません。たとえ定めであっても、逆らってもどうしようもなくても」

「わたしが本当にしたいようにしたら、お父様がお困りになる。奥様だってゆるしてはくださらないわ」

「……したいことがあるんですね？」

「ある」

お小夜さまは言って、姿勢を戻した。

「あるけど……おやすちゃんが考えてるようなことじゃないの。わたし、河鍋先生のことは好きよ。大好き。でも本当に、先生の妻になりたいとは思っていません。わたしね……おやすちゃん、誰にも言わないって約束してくれる？」

「はい。決して言いません」

「そう。なら打ち明けるけれど、笑わないでね。わたしね……お医者になりたいの。それも、蘭方医《らんぽうい》に」

「ら、らんぽう……」

「蘭学と医学を学びたいのよ。こんなこと言うと誰もみな笑うわ。女にそんなことが出来るわけがない、って」

あまりにも突飛な話で、やすは言葉が見つからなかった。これまで一度も、お小夜さまがそんなことを話してくれたことはない。

「だから黙っているの。でも河鍋先生にだけは打ち明けたのよ。先生は笑わなかった。いつもみたいに茶化しもしなかった。ただ、こう言ったの。高いところにつく実に手を伸ばせば、その実が高いところにあるのだ、ということがからだでわかります。それだけでも、手を伸ばした甲斐《かい》はあったということです、って」

「……どういう意味なのでしょう」

「さあ」

お小夜さまは楽しそうに笑った。

「あの方のおっしゃることは、いつもそんな感じだもの。でも、要するに、やれるだけやってみなさい、ってことじゃないかしら。確かに今の世では、女が医者になることも、蘭学を学ぶことも難しい。ましてやわたしのような立場ではね。けれど先生はいつもおっしゃるわ。もうすぐ世の中が変わる。いや、もう変わり始めている。先がどうなるかはわからない、よいことばかりではないだろう。それでも、様々なことが変わる中には、今より良いほうへと変わるものもあるはずだ。もしかしたら、女の身でも医者や蘭学者になることができる世が来るかもしれない。それを信じて進みなさい……とは言ってもねえ。したいことはあるけれど、したいことが出来るわけじゃない。でも望みはあると思いたい。たとえば、旦那様になる方が蘭方医であるとか。そうしたら、旦那様のお手伝いをすることで、少し夢に近づけるかもしれないわ」

「蘭方医様のところにお嫁にいきたいと父上様にお願いしたのですね！」

「まだお願いしてないわ」

お小夜さまは、ふう、と溜め息を吐いた。

「お父様は漢方医贔屓《びいき》なのよ。蘭方医はからだを切り刻むから恐ろしいって。でもそのうちにお願いはしてみます。あるいは、蘭学者のところでもいいわ。お父様の遊び仲間には江戸の商人もたくさんいるから、中には長崎《ながさき》と取引があったりして、蘭学者に知りあいがいる人も見つかるかもしれない。でも……期待し過ぎると願いが叶わなかった時に辛いから、そんなに期待はしないでいるの。お父様はできれば、同業の旅籠を営んでいる家に嫁がせたいみたいだし。でも品川の脇本陣《わきほんじん》と同じくらい大きな旅籠なんてそうそうないでしょう。嫁ぎ先探しが進まないのは、わたしにとっては良いことだわ。このまま歳《とし》をとってしまえば、わたしが蘭方のお医者さまのところでお手伝いをしたい、と言っても許して貰えるようになるかも」

「お小夜さまは、蘭方のお医者さまをご存知なのですか」

「お母様をみてくだすっていたのが、江戸の蘭方医だったの。お母様が病気になって、お父様は江戸で名の知られた漢方医をよこしてくだすったけれど、一年経っても二年経っても治らなくて、しまいには、もう治ることはないから、あとは静かに寝ていなさい、って言われてしまって。それでお母様は、昔の花魁《おいらん》時代に廓《くるわ》に出入りしていた蘭方医に手紙を出したんですって。お母様のいた廓では、蘭方医を呼ぶようになってからお女郎さんが亡くなることが少なくなったの。で、お母様の手紙で蘭方医がすぐに来てくれたんだけど、見立ては漢方医と同じだったの。つまりね、お母様の病気は治らない、って。でも苦しさを少なくして、一日でも長く生きられる方法はあった。それが、手術」

「しゅじゅつ……それはまさか、蘭方のお医者さまが刃物で患者のからだを切り刻むという……」

「そうよ」

お小夜さまは、いたずらでも仕掛けるような顔で言った。

「とても鋭い小さな刃物で、からだを切るのよ。でもほんの少しよ。今でもよく憶《おぼ》えているわ。お母様が蘭方医のところへ手術をして貰いに行く時、わたしにおっしゃった。母は少しも怖くありませんよ。母は一日でも長くあなたと暮らしたいのです。そのために手術をしていただきに行くのです。だから我慢して、じいやとばあやの言うことをよく聞いて、良い子で待っていてね。……わたしは十三にもならなかったから、わんわん泣いた。お母様がもう帰っていらっしゃらないのではないか、それが怖くて怖くて。けれどお母様はちゃんと帰っていらっしゃった。手術の時には、芥子《けし》から作った薬のおかげで眠ったようになっていて、痛みもあまり感じなかったんですって。半月ほどそのままお医者のところにいて、すっかり元気になって帰っていらしたの。それまでほとんど床で過ごしていたのに、手術のあとは本当にお元気になられてね、わたしともたくさん遊んでくださった。……結局、漢方医は次の桜の季節まではもたないと見立てていたのに、お母様は桜が終わり若葉の季節を過ぎてもまだ生きていたのよ。おしまいの頃には、起き上がることも難しくて床につかれていたけれど、それでもわたしもお母様も幸せだった。わたしが十五になった姿が見られるなんて思っていなかったと、お母様は笑顔で言ってくだすった。漢方と蘭方、どちらが優れているのかわたしにはわからない。けれど、蘭方医はまだまだ江戸でも少ないのよ。だったらわたしは、蘭方医になりたい。そう思ったの」

「……なってください」

やすは言った。

「なるべきだと思います。お小夜さまならきっとできます」

「そうね」

お小夜さまは微笑《ほほえ》んだ。

「おやすちゃんがそう言ってくれるなら、なれる気がする」

今日のお小夜さまは別人のように大人びている、とやすは思った。もしかするといつものお小夜さまは、あえて幼いふりをしているのかも。無邪気でお転婆で、あまり賢くないお嬢様。そういうふりをすることで、百足屋の人たちが受け入れやすくなるように。

「おやすちゃんは、もし何にでもなれるとしたら何になりたい？」

「……政さんのような料理人になれたらいいな、と思うことはあります」

「料理人か。それなら女でもなれるんじゃない？」

「へえ……いないことはないそうです。お江戸のちょっと知られた料亭にも、台所で包丁を握る女はいると政さんから聞きました。でもそれは、本当にまれなことだそうです。けど、本当はそこまで望んではいないんです。……ただいつか、紅屋を下がらせていただく時が来たら、どこか品川のはずれか神奈川《かながわ》宿あたりで、旅の方々に温かいものを出してさしあげられる、一膳《いちぜん》飯屋か茶屋でも出せたらいいなあ、と思ったりもします」

「でも、おやすちゃんだってお嫁にはいくんでしょう？」

「さあ……考えたこと、ないです」

「なぜ考えないの？」

「へえ……」

やすは、どう説明すればお小夜さまに理解して貰えるのかわからずに黙っていた。

紅屋では、奉公人の縁談にはとても寛容で、祝い金を出してくれたり休みをくれたりする。おまきさんの話では、適当な縁組みを世話してくれることもあるそうだ。だがやすは、自分にそうした話が来るという将来を想像することが出来なかった。自分は「拾われた」身。本当ならばお女郎になっていたところを、大旦那様に拾っていただいて今のような有り様でいられる。それなのに誰かに嫁ぐ、ということは有り得ない、そんな気がしている。そしてそう思うことが、お小夜さまに、したいことをすべきだとけしかけるような生意気なことを言った自分と矛盾していることもわかっていた。わかってはいたけれど、気持ちをどうすることも出来ないのだ。

自分が本当にしたいことをして生きていく、それはそんなにたやすいことではない。そしてそもそも、自分が誰かの嫁になりたいのかどうかも、やすにはわかっていなかった。


「ねえ、おやすちゃん」

「へい」

「おやすちゃんの、やす、って、どんな字を書くの?」

「さあ……おとっつぁんからは、教わっていません」

やすは紅屋に来るまで、字を学んだことがなかった。今は政さんがひと通り仮名の読み書きを教えてくれたのでわかる。さらに、品書きによく出て来る魚や野菜の名前ならば、仮名でなくても読むことはできるようになった。だが自分の名前にどんな字があてられているのかは知らなかった。

「わたしの、小夜、はこう」

お小夜さまは、やすが絵を描いていた板きれの端に、小夜、と書いた。

「さ、は小さいという意味で、よ、は夜。なので小さな夜という意味かと思っていたら、河鍋先生が、この場合の小《さ》には意味がないんですよ、なんて言うのよ。意味がないってどういうことかしら。でも、夜が小さいというのも意味がよくわからない」

お小夜さまは笑いながら、小夜、と書いた隣りに、安、と書いた。

「これは、あん」

「あん……お餅に入れたりする?」

「違うわよ。安、というのはとても良い字なのよ。ほら、駿河《するが》の大地震などが続いて、改元があったでしょう。今の世は、安政《あんせい》。この安の字に、政《まつりごと》を意味する政、をつけたもの。おだやかでみんなが安心できる、そういう有り様が、安。それでね、この字は、やす、とも読むの。おやすちゃんの、やす。おやすちゃんにぴったりの字だわ。

これにしましょう。おやすちゃんのやすは、安《あん》。あら、あん、ってなんだか可愛《かわい》いわね。これからわたし、おやすちゃんのこと、時々、あん、って呼んでもいい？」

「へ、へい」

あん、という響きは嫌いではないけれど、どうしても頭には饅頭の中身が浮かんでしまう。自分はさほど色黒なほうだとは思っていないけれど、せめて白あんだったら良かったのに、とつい考えてしまって、やすはぷっと噴き出した。

「す、すんません」

「何がそんなにおかしいの？　あん、って可愛いと思わない？」

「へい。可愛いです」

「あん。わたしの、あん」

お小夜さまが手を伸ばし、やすの髪に触れた。

「お小夜さま、お手が汚れます」

髪を洗うのは十日に一度ほど、掃除をする時には手ぬぐいを被《かぶ》るけれど、埃《ほこり》や汚れがついている。

「手なんて洗えばいいのよ」

お小夜さまの掌が、優しくやすの髷《まげ》を撫でた。

「あん。あなたはいつまでも、わたしの仲良しでいてくれるわね」

「へい」

「わたしが医者になれたら、あんだって料理人になれる。いつか、品川一の女料理人になって、この百足屋の台所を仕切ってちょうだい。わたしも女蘭方医になって、たくさんの人を助けるわ。今は夢の話だけど、いつかこの世が変わる時が来て、夢が本当になる日も来るかもしれない」

お小夜さまは、そしてぽつりとつけ足した。

「その頃にはきっと……河鍋先生は名の知られる絵師になっていて、素晴らしい絵をたくさん世に出している。わたしたち、二人で先生の絵を見に行きましょうね。きっと、ね」

その口調で、やすは知った。

お小夜さまは、なべ先生の妻になりたいのだ、本当は。けれどそれは諦めて、代わりに、本気で女蘭方医になろうと思っている。なべ先生への思いを断ち切って、自分の夢に向けて歩き出そうとしている。

なべ先生への思いは、きっと一生、その胸に秘めたままで。

❖

「あらやだ。こんなとこまで黴《かび》が生えたよ！」

おまきさんが大声で叫んだ。

「もう梅雨《つゆ》に入るのかねえ」

政さんは、鯉《こい》をさばいているところだった。何日も真水で生かして泥臭さの抜けた、大きな鯉だ。筒切りにして煮付けるのが政さんの得意料理だった。大きな鯉の筒切りがどんと皿に載っているのは見事なもので、たいていのお客はそれを見て歓声をあげる。煮付ける前に油で揚げるのが政さんの隠し技だが、お客にはもちろん、女中にもそのことは内緒にしている。

おまきさんが黴が生えたとぼやいているのは漬物の樽《たる》らしい。漬物樽のように塩をたくさん使う樽でも、この季節は油断をすると黴が生えてしまう。

もうじき夏がやって来る。

品川は海が近いおかげで、夜になると涼しい海風が吹く。お江戸に比べればだいぶ過ごしやすいらしい。お江戸の夏は辛いよ、と、江戸を知っている客がよく話している。

夏は嫌いではないけれど、余り暑いと外に出るのが億劫《おっくう》になる。今はまだ、昼日中に出歩いていてもそんなに汗はかかない。

揚げた鯉をこっくりと濃いめの味付けで煮る。味醂《みりん》と醤油《しょうゆ》、それにざらめも使った、甘辛い煮汁になる。お客に出す時は、山椒《さんしょう》の若葉、木の芽を添える。山椒は裏庭から出て松林へと抜ける小道の脇にたくさん生えている。

やすは木の芽を摘みに小道を歩いていた。

小道、と言っても、ただの踏み分け道だ。松林に松露《しょうろ》などを採りに行く人たちが歩いて自然とできた細い道。紅屋の並びの旅籠は、どこも裏庭が繋がっていて、松林に向かうこの道は誰でも使うことができるが、道端の山椒の若芽を摘めるのは旅籠の料理人だけ、という暗黙の決まりがあった。

ふと、木の芽を摘む手が止まった。

山椒の若木の向こう、雑草が生い茂った草むらで、何かが光った。やすは山椒のトゲに気をつけながら道をはずれて草むらに足を踏み入れた。勢いのいい夏草は、その葉先が元気に尖っていて、やすの素足を軽くひっかく。それが痛がゆい。

何かしら。

草の間で光っているものに手を伸ばし、拾い上げた。

かんざし。

銀色の、すっと粋《いき》な形をしたかんざしだった。先に珊瑚《さんご》の玉がひとつ。房飾りも何も下がっていない、華美ではないが、どこか艶《あだ》っぽさのある物だった。旅籠の女中が持つようなかんざしではない。

すぐにわかった。あの時、あの女の人が落としたものだ。真夜中にこの草むらで逢い引きをしていた、あの人。

月あかりで男の顔ははっきりと見えた。あれは、おしげさんの弟、千吉《せんきち》さんだった。飾り職人の千吉さん。このかんざしも、あの人が作ったものに違いない。だとしたら、お相手の女の人は、芸者の春太郎《はるたろう》さん。このかんざしは、春太郎さんの持ち物。

どうしよう。珊瑚の玉は大きくはない。けれど、銀で作られているようだから高価なものには違いない。春太郎さんに直接届ける？　でも、春太郎さんのことは何も知らない、話したこともないし、顔を間近で合わせたことすらなかった。千吉さんに渡す？　けれど、なぜ自分に届けるのかと問われたら何と答えようか。あの夜のことを、見ていました、なんてとても言えない。

やすは困って、とりあえずかんざしを手ぬぐいでくるんで袂《たもと》に入れた。そして手早く木の芽を摘んで戻った。

おしげさんは部屋付きの女中頭で、八つ時の休憩でもなければ滅多に台所にはやって来ない。なんとかおしげさんと話す機会はないかとそわそわしていたので、政さんから怒られた。

「おい、おやす！　さっきから手元がやけにうわついてて、きちんと味見もできてねえし、どうしたんだいったい。この切り干し、出汁《だし》が濃過ぎて塩辛いじゃねえか。やり直しだ！」

「へ、へい、すんません、すんません」

味付けに失敗した料理はそのままかないになり、奉公人が食べることになる。やすは申し訳なくて涙が出そうになるのを堪えた。戻した切り干し大根をまた鍋に入れ、味を含ませる。

情けない。珊瑚玉のかんざし一本が袂に入っているだけで、こうも仕事に集中できないなんて。やすは頭から余計なことを振り払い、懸命に働いた。そして気づいた時にはもう、通い女中のおしげさんは家に帰ってしまっていた。

自分への戒めに、勘平の仕事である大鍋洗いを引き受け、包丁の手入れをしている政さんと二人で遅くまで台所にいた。政さんは毎日、納得がいくまで包丁を研ぐ。それが終わらないと仕事を仕舞わない。

ようやく総《すべ》てを終えて、汗まみれの顔を洗おうと井戸まで歩いた。今夜も月の光がこうこうとあたりを照らし、足元もよく見えている。

井戸水はありがたい。川の水と違って、夏になると冷たく感じるようになる。

顔を洗い終えて立ち上がった時、平たい石が目に入った。あそこからあの夜、とんでもないものを見てしまったのだ。戻ろうと足を踏み出したのに、まるで何かに操られるようにして、やすはまた、松林の見える石に引き寄せられ、腰掛けてしまった。

あっ

初めは幻だと思った。次に、幽霊かもしれない、と怖くなった。けれど次第に目が慣れて、やすは確信した。

立ち上がって呼びかける。

「春太郎……さん?」

草地にしゃがみこんで何かを捜していた女が、驚いたように立ち上がってやすのほうを見た。

「これ」

やすは袂から手ぬぐいに包んだかんざしを取り出した。

「これを捜しておられるんでしょうか」

気の毒になるくらいに細い腰をした、思ったよりも背の高い女だった。

月の光を浴びて、その白い顔が輝いて見えた。

たいそう美しい、そしてはかなげなひとだった。

「あ」

春太郎さんが声を出した。鈴の音のように美しい声だった。

「それは……それはわたしのかんざしです」

「へえ、昼間、あっちの小道で木の芽を摘んでいた時に見つけました」

春太郎が草を踏み分けて近づいて来た。

「お返しいたします」

やすが差し出すと、奪い取るようにして春太郎はかんざしを摑み、髷に挿した。

「あ、ありがとう。でも、なぜわたしの名前を知っているの？」

「……大通りでお見かけしたことがあります」

やすは咄嗟《とっさ》に嘘《うそ》を吐いてしまった。

「あれが春太郎さんだよと、芸者衆をよく知っている方に教えていただきました」

嘘ばかり。嘘は、一度吐いてしまうとどんどん膨れあがる。もう嫌だ。もう嘘は吐かない。

「そう……本当にありがとう。とても大切なものなの」

「良かったです。……おやすみなさいまし」

やすはただ頭を下げて、後ずさりするようにして春太郎さんから離れた。ふんわりと、夜風の中にお香が漂っている。いくらも歳の違わない人なのに、自分とは何もかも違う。

後ろも見ずに紅屋の勝手口から中に飛び込み、心張り棒を戸にかまして屋根裏へと駆け上がった。

何か、よくわからない不安がやすの胸に押し寄せていた。

あの人は、はかな過ぎる。

まるでもうこの世の人ではないみたいに、頼りなくて美しい。

あの美しさは……お小夜さまの美しさとはどこか違うものだった。白蠟《はくろう》のような肌、鶴《つる》のように細く長い首、すっと流れるようなうなじ。

どこかひんやりとしていて、人の温かみが感じられなかった。口調にも声にも張り詰めたものがあって、生きていることに精一杯といったふうに思えた。

嫌な予感がする。

明日こそおしげさんに話さなくては。

取り返しのつかないことに、なる前に。

十二　できない約束

まんじりともせずに夜が明けた。

どうしたらいいのか、寝ずに考えてもやすにはわからなかった。ただ、一刻も早くおしげさんに伝えなければ、と思うのだが、いったい何をどう伝えればいいのかわからない。春太郎《はるたろう》さんがはかなげに見えた、この世の人には思えなかった、そんなことをおしげさんに言っても何の意味があるだろう。

やすの抱いている不安には、はっきりとした理由はない。

それでも、何かしなくては。

おしげさんは通いの女中で、しかも女中頭なので、他の女中たちよりもいくらか朝が遅い。やすは仕事をしながら、おしげさんの姿が見えないかと裏庭ばかり気にしていた。奉公人は裏庭を通って勝手口からやって来るのだ。

ようやくおしげさんが現れたと思ったら、もう話などしている余裕はないほど忙しい時間帯になっていた。おしげさんは客部屋付きの女中頭なので、やすが働いている台所には八つ時まで顔を見せない。いや、八つ時でも女中の誰《だれ》かがお八つを受け取りに来て女中部屋に持って行ってしまうことのほうが多いから、おしげさんの顔を一日中見ないこともそう珍しくはなかった。

気ばかり焦っていたので、いくつか失敗をしてしまった。政《まさ》さんやおまきさんに叱《しか》られながら、やすは、どうしたらいいのか思いつかない自分の不甲斐《ふがい》なさが情けなかった。

客の夕餉《ゆうげ》が終わり、下げられて来た膳《ぜん》を片づけ、器を洗う。洗い終えて台所に戻り、塵《ちり》を拾い、箒《ほうき》ではいてから、台の上に積み重なった鍋《なべ》を洗っている勘平《かんべい》を手伝い、翌日の準備で下ごしらえを始めた政さんの横に立った。

「今日は紅屋《くれないや》の厄日だったな」

政さんが言った。

「おやす、今日のおまえさんは役立たずだったぜ」

「へい。……すんません」

「おまえさんの調子が悪いと、紅屋全体の調子が下がっちまう」

「そんなことはありません。わたしなんか、紅屋のお役に立っているのかどうかも」

「気づかねえのか。みんなおまえさんの調子が出ねえのを心配してたんだぜ。おまきなんざ、俺《おれ》が細けえことでガミガミ叱ったせいだなんて俺を責める。ったく濡《ぬ》れ衣《ぎぬ》もいいとこだ。な、そうだろ、俺のせいじゃねえよな」

「政さんのせいじゃないです」

やすは強く首を横に振った。

「わたしが情けないんです」

「情けない？　何かあったのかい」

　やすは政さんに何もかも打ち明けてしまいたい気持ちと闘っていた。打ち明けてしまえば楽になれる。あとはきっと、政さんがなんとかしてくれる。けれど、千吉《せんきち》さんと春太郎さんの深夜の逢《あ》い引《び》きは二人の秘密なのだ。自分は、その秘密を偶然知ってしまっただけなのだ。他人様《ひとさま》の秘密を誰かれ構わず喋《しゃべ》ってしまったのでは、自分が外道《げどう》になる。二人の秘密を知る必要があるのは、今はおしげさんだけだった。

　ふん、と、政さんは小さくうなずいた。

「ま、いいさ。俺が叱ったせいじゃねえなら、それ以上の詮索《せんさく》はしねえよ。おやすももう十五だ、誰にも言えないことだって腹ん中に一つや二つ、あるよな。とにかく明日はもうちっと気合を入れて、みんなに心配かけないように働くんだ。いいな？」

「へい」

「じゃ、これをちょっと味見してみてくんな」

　政さんは、小皿によそった茶色いものをやすに手渡した。やすはつまむより小皿から口に近づけて、皿の上のものを口に入れた。

　ふわっと、滋味豊かな味がした。これは貝だ。貝の旨味《うまみ》。よく味を含んだ貝のひとかけを噛《か》むと、じわっとまた旨味が染み出して来る。弾力のある噛みごたえが、歯に心地良い。

「これは……トコブシですね！」

「当たりだ。あの殻に入ってねえとわからないだろ。三浦《みうら》の磯の、今の季節のトコブシは天下一品なんだが、トコブシと言えば正月料理や祝い事に出すことが多くて、宿の夕餉におかずとして出すことは考えてなかった」

「今の季節のものが美味《おい》しいんですか」

「うん、トコブシの旬は初夏から秋。晩秋に産卵するんで、その前にたっぷりと海藻を食って太る。だから今頃《いまごろ》のものが一番美味《うま》い。夏場はたいがいの魚は不味《まず》くなるから、旬の名物料理をどうするか悩んでたんだが、こいつを飯に混ぜ込んでみようかと思ってな、どうだ」

「この貝と煮汁を」

「そうだ。紅屋は夕餉の為《ため》にも飯を炊《た》くから、煮貝を混ぜ込んでも湯をかけて茶漬けにする必要がない。あったけえ飯にこの貝と煮汁を混ぜ込めば、他におかずなんかいらねえよ。いくらでも食える」

思わず口につばが溜《た》まった。

「トコブシ飯、どうだ、紅屋の名物になると思うか」

「へい、なります。きっと評判になります！　ただ」

「ただ、なんだい」

「トコブシはアワビの子供のようなあの形が、なんとなく楽しいです」

「ああ、殻のことか。うん、確かに、あの殻をとっちまったら何の貝だかわからねえな。けど、飾りを兼ねて飯の上に、殻をつけたまま煮たトコブシを一つ、のっけたらいいだろう」

「それもいいと思うんですけど、ご飯に混ぜ込む時に外した殻がたくさん余りますよね。あれを並べて、佃煮《つくだに》とかお漬物なんかを、ちょっとずつのせて出したらどうでしょうか。見た目が面白くて、お客さんが話のネタにできるから、きっと評判になるかと」

「なるほどな。うん、悪くない」

「それに、トコブシの殻を小皿にすれば、あとで小皿を洗う手間もかかりません。そのまま捨てればいいだけで」

「ははは、なるほど、それもそうだ。小皿をいくつも並べて出したんじゃ、あとで洗うのが手間だが、トコブシの殻ならどうせ捨てるもんだ。けど、殻を皿にするなら一度殻も湯で煮て、生臭みをとらないと」

「それでは余計な仕事が増えてしまいますね」

「うーん、何か工夫出来ないもんか」

政さんは、両腕を伸ばして欠伸《あくび》をした。

「まあいい、また明日考えよう」

ちょうどその時、仕事を終えたおしげさんが勝手口から帰るために姿を見せた。

「お疲れさま」

政さんに軽く挨拶《あいさつ》して、おしげさんは足早に出て行く。やすは政さんの顔を見た。その表情があまりにも切羽詰まって見えたのか、政さんは首を傾《かし》げた。

「どうしたんだ、おやす。どっか体でも痛いのかい」

「あの、ちょっと」

「ちょっとなんだい」

「お、おしげさんにお願いしたいことがあるんです。出かけてもいいでしょうか」

「そりゃ構わねえが。おしげはあれで足が速い、追いかけるならすぐ行かないと間に合わないぞ」

「へい、すんません！」

やすは前掛けをしたままで勝手口から飛び出した。

政さんの言葉通り、おしげさんは女にしてはひどく速く歩く。やすはつっ掛けた下駄が脱げそうになるのも構わずに追い掛けた。

「お、おしげさん！」

「あれ、なんだい、おやす」

おしげさんが立ち止まって振り返る。

「あたしゃなんんか、忘れ物でもしたのかね」

「いえ、あの、その……」

「なんだい、じれったいね。何の用で呼び止めたのさ」

「せ、千吉さん」

「千吉？　千吉がどうかしたのかい」

「お変わり、ありませんか」

おしげさんはじっとやすの顔を見てから噴き出した。

「あんた、何を言ってるんだか。千吉は元気にしてるけど、それがあんたと何の関係があるんだい」

「今は、どこに」

「どこにって、もうとっくに長屋に戻って、あたしが出かける時に煮ておいた魚のアラと冷や飯で夕餉を食べ終えて、もしかするともう寝ちまったかも知れないね。飾り職人とは言っても親方のいる作業場で働いてるからね、朝はあたしなんかより早いんだよ、あの子は」

おしげさんは、片手に提灯《ちょうちん》を下げたままで腕組みをして、やすを睨《にら》んだ。

「ちょっと、おやす。あんた何か、千吉のことで気がかりなことでもありそうだね。千吉はたまにしか紅屋には来ないし、千吉と親しくしてるわけじゃないんだろ」

「へい、千吉さんのことは、お顔を存じ上げているくらいです」

「だったらなんで、千吉が変わりないか、なんて訊《き》いたのさ」

「へい、それは……」

「ちゃんとお言い！」

おしげさんは、女中を叱りつける時の口調になった。

「あたしに隠し事なんかできると思いなさんな。腹にあること全部吐いちまいな。そうでないと、後悔することになるよ！」

やすはうなだれたが、意を決して顔を上げた。

「千吉さんが、芸者の春太郎さんとそこの草地で逢い引きしてらしたんです」

やすは松林のほうに向かって指をさした。

「……いつのことだい」

「つい、先夜です」

「つい先夜……半月より前のことじゃないんだね？」

やすは首を縦に振った。

おしげさんは腕組みしたまま、とても怖い顔になっていた。

「そうかい。ちょっとおやす、あんたこれからあたしんちにおいで。もしかしたら帰りが遅くなるから、そしたらあたしんとこに泊まればいい。政さんにはあたしがゆるしを貰《もら》ってあげる」

おしげさんは、紅屋の勝手口に向かって歩き出した。

政さんは何も訊かずにただ、いいよ、と言った。おしげさんの口調が余りにも真剣だったので、何か込み入った事情があるな、と察したのだろう。

再び紅屋の勝手口から外に出ると、やすはおしげさんの後について歩いた。おしげさんの早足は、若いやすがついて歩くのに精一杯なほどだったが、おしげさんは息一つ切らさない。

「あたしは信濃《しなの》の出だからね」

おしげさんは、やすが追いつけるように歩調を緩めた。

「子供の頃からの山育ち、足腰はやたらと丈夫なのよ。おやすは神奈川《かながわ》の出なんだって？」

「へい」

「あたしはね、十二で紅屋に来て、その時に初めて海を見たんだよ。実家は安曇平《あずみだいら》の穂高《ほたか》村ってとこで、ちょっと上を見れば天に届くかと思うくらい高い山がそびえてい る、そんなところさ。江戸に親戚《しんせき》がいてね、羽振りのいい小間物問屋だった。上から二番目の兄がその親戚の婿《むこ》養子になって江戸に出た時に、そこに奉公することになった。けれど江戸まで来てみたら、兄嫁があたしを家に入れるのを嫌がった。ちょっと癇《かん》の強いひとだったようで、妹のあたしにやきもちを妬《や》いたんだよ。それで穂高に帰されることになって内心喜んでいたら、どういう話になったやら、紅屋で女中奉公することになっちまって、江戸から駕籠《かご》を仕立てて貰ってやって来たんだ。穂高の実家は養蚕をやっていて決して貧乏じゃなかったけれど、それでも駕籠なんてものはお武家様かどこぞのお姫様が乗るもんだと思っていたから、いくら駕籠代は兄の婿入り先が払ってくれたと言っても、品川《しながわ》まで駕籠に乗るなんて贅沢《ぜいたく》をして、罰が当たりそうで気が気じゃなかった。それでずっと簾《すだれ》は下げたままで、外の景色なんか見ようともしないで品川まで来てさ、駕籠かきが着きましたって言うんで、こわごわ外に出てみたら、なんだか変な匂《にお》いがしてね。こんな匂いは嗅《か》いだことがなかったんで、何か腐ってるのかと思って見回したら、そこいら中がみんな、変な匂いでいっぱいで。それで顔を上げたら、大通りの向こうに青い海が広がっててね、びっくりしたわ。話には聞いていたけれど、海があんなに大きいなんて思ってなかった。それでやっと、この変な匂いは海の匂いなんだ、って判《わか》った。今ではもう、この潮の香りを嗅がないと落ち着かないんだから、おかしなもんだね」

提灯の灯《あか》りで足元はよく見えるし、大通りは賑《にぎ》やかで人通りも多い。宿場町の品川から花街の品川へと変わる頃だった。

「あれからあっという間に十数年、あたしもいかず後家になっちまったけど、紅屋で働くのは好きだから後悔はしていない。江戸に婿に出た兄はね、それからたった四年で流行《はや》り病にやられて呆気《あっけ》なく死んだ。穂高の生家は火事を出しちまってお蚕《かいこ》は全滅、上の兄が松本《まつもと》に働きに出てなんとか家を支えてたけど、千吉は口減らしに、あたしがいるからって品川の飾り職人のとこに弟子入りさせられた。まだたったの、八つの時だよ、千吉が品川にやって来たのは。その頃はあたしもまだ紅屋に住み込みだったんで千吉は親方の家に預けられたんだけど、ただ飯は食わさないってこき使われて、勘平なんかの倍は働かされてた。それが不憫《ふびん》で、なんとか千吉と二人で暮らしたくて、何年も番頭さんに頼みこんで、ようやっと通いで働くお許しが出て。番頭さんの口利きで長屋に入れて貰えて、以来二人で暮らして来た」

おしげさんは、歩きながら溜め息を吐《つ》いた。

「子供だ子供だと思ってたのに、千吉ももう二十歳《はたち》を超えたんだよね。そりゃ、恋の病の一つや二つはかかっちまうのも無理はない。けどさ、なんだって芸者なんだい。そのへんの女中が相手だったら、大喜びで話をまとめて所帯持たせてやっただろうに……」

やすは何も言わずに、ただおしげさんのあとを歩いていた。

「あの春太郎って芸者は、親がどっか田舎の名主だったらしいんだが、数年前の飢饉《ききん》の時に強訴《ごうそ》してはりつけにされたんだってさ。それで身寄りがなくなって売られて来た。強訴ってのはよほどの覚悟がないと出来ないことだよ、さぞかし村人思いの立派な名主様だったんだろうね。そういう血をひいてるからなんだか、見た目と違って芯《しん》の強い子らしくて、態度の悪い客には笑顔も見せない、そういう強情なとこがあるんだって。でもそれがかえって人気を呼んでるみたいで、まだ襟替《えりが》えしたばかりなのに、もう浮世絵にもなったんだとか。そんな看板芸者を、あたしらみたいな貧乏人がどうやって身請けできるって言うんだい。千吉にはそう言って、なんとか諦《あきら》めてくれるよう頼んだんだよ。そうこうしているうちに、春太郎に身請け話が持ち上がったとかで、春太郎が出ている揚羽屋《あげはや》から若衆がわざわざうちまで来たんだよ。これまでは浮いた噂《うわさ》も芸者の箔《はく》だと見逃していたが、身請け話がある以上は若い男との噂は迷惑なので、もう千吉を春太郎に近づけないようにしてくれ、ってさ。黄金の小判三枚、置いてった」

千吉さんと春太郎さんのことは、品川中の噂になっていたんだ。やすは、真夜中に紅屋の裏の草むらで逢い引きしていた理由がわかって納得した。

「千吉は、小判なんか叩《たた》き返してやるって息巻いてたけど、あたしが必死でなだめたんだ。どっちに転んだっておまえには春太郎を身請けする甲斐性なんざないんだから、小判を叩き返したところで何がどうなるってもんでもない、春太郎の立場が悪くなって、あの子が辛《つら》い思いをするだけなんだよ、ってね。小判三枚といやぁ、この先あたしらが働いたって貯められるかどうかわからない大金だよ。それを元手にすりゃ、独立して飾り職人として看板あげてさ、小さな店だって持てるんだ。よく考えなって。いやいや、小判のことなんかどうだっていいのよ、あんな大金、夢を見たと思って忘れて地道に働いて生きていけばいいんだから。そうじゃなくってね、揚羽屋は用心棒だって置いてる、ああいう遊郭の店《たな》には裏稼業の連中がつきもんさ。そいつらがまずは小判持って来たってだけでも、運が良かったんだよ。それを突っ返してあくまで春太郎と添い遂げたいなんて言ってごらん、次は腕の一本もへし折られて、下手したら飾り職人としてはやっていけなくされるかもしれない。それで済めばまだいいよ、命をとられちまったらどうするんだい。あたしはごめんだよ、簀《す》巻《ま》きにされた千吉の体を海から引き揚げるとこなんざ、ぜったい見たくない。そんなことになるくらいなら、あたしを先に殺して貰いたいよ」

おしげさんは涙声になっていた。

「後生だからよく考えておくれって、畳に額すりつけてさ、千吉もそんなあたしを見て、早まったことをするのは思いとどまってくれた。それ以来、春太郎の名前は口に出さなくなったし、毎日ちゃんと仕事に行って、終わるとまっすぐうちに帰って来て、あたしが帰る頃にはもう寝てる、そんなんだったんだよ。なのに……よりによって紅屋の裏の草ん中なんかで、春太郎に逢ってたとはねえ」

「あそこに入る小道は、昼ならすぐわかりますけど、暗くなるとまず見つけられません。あそこなら誰にも見られることはないと思ったんじゃないでしょうか」

「旅籠《はたご》は朝が早いから奉公人も早く寝るし、客用の部屋は用心の為に雨戸を閉めちまうからね。それにしたって……この先望みなんかない恋だよ、どうするつもりでいるんだか。とにかく、あんたが見てたってことを千吉に言って、どうするつもりなのか今夜こそちゃんと聞かないとね。あたしと二人だけじゃ千吉もなかなか、頭にのぼった血が下に降りないだろうから、あんたにいて欲しいのよ。他人がそこに座ってりゃ、千吉だって駄々ばかりこねてはいられないだろうし」

「へい。けど、わたしなんかがいたら、千吉さんはかえって意固地になられたりはしないですか。関係ない女に首をつっこまれたら、嫌な気持ちにならないかと」

「おやすは、春太郎と同じような境遇だろ。頼れる身寄りもなく、金で売られて子供の頃から働かされて、年季が明けるまでは自由に旅にも出られない。そんなおやすを前にして、自分が春太郎のことが好きだって気持ちだけで考えなしのことができるかどうか、千吉には今一度、考えて貰いたいんだよ。人を好きだと思う気持ちが誰にも止められないのはわかってる。だからこそ、自分で止めないとどうしようもないんだよ。このままだと千吉は、自分がいちばん大事だと思っている人の人生を壊しちまう。万が一、駆け落ちなんかしてごらん、たちまち捕まって殴る蹴《け》るされて、春太郎は岡《おか》場所《ばしょ》かなんかに売られちまうよ。芸者は簡単に春を売らない代わりに、芸と華やかな夢を売る商売、お女郎さんなら駆け落ち騒ぎも売りになるけど、芸者はそうはいかない。客が目当ての花魁《おいらん》と遊ぶ前に、わざわざ高い金を払ってまで芸者の芸を見るのは、特別な気分になりたいからなんだ。どこの馬の骨ともわからない男の手垢《てあか》がついた女の踊りなんざ見せられても、自分がその男のお下がりを眺めてるようで面白くないだろうさ。春太郎のことをいちばんに思えばこそ、千吉は身をひかないといけないんだ」

おしげさんが住む長屋は大通りの外れから海のほうに少し歩いたところにあった。品川宿で働く人々が大勢暮らしている大きな長屋だった。

引き戸を開けると半間の土間で、竈《かまど》が一つに料理のできる台があった。上がり畳の向こうに障子《しょうじ》が見えているので、部屋は二つあるようだ。おしげさんは下駄を脱ぎ捨てるようにして駆け上がると、千吉さんの名前を呼びながら障子を開けた。きちんと畳まれた敷布団が見えた。人の気配はなかった。

「いない」

おしげさんは言うなり、やすのことを突き飛ばす勢いで外に飛び出した。やすもそのあとを追う。

「ちょっとごめんよ！」

おしげさんは隣りの家の前で怒鳴った。

「ちょっと、おたまさん！　おたまさんいるかい！」

「はいはい」

引き戸が開いて、おしげさんより年上らしい女が顔を出した。

「なんだおしげさん。どうしたの」

「千吉、見なかったかい」

「千吉さん？　いや、見てないねえ。あ、待って。朝は見たよ。仕事に行くとこだったと思うけど」

「それはあたしも見た。いつものように出て行くのを見送ったんだ。でもとっくに帰ってるはずなんだよ」

「千吉さんだって、たまにはどっかで軽く一杯ひっかけたい日もあるんじゃない？」

「とにかく、戻ったのを見てないんだね？」

「見てないねえ」

「ありがとう。もし千吉が戻って来たら、うちで待ってるように言っとくれ」

「わかったよ。あんた、どこ行くの」

「千吉を探して来る」

「探すって、ちょっとおしげさん」

おしげさんは、おたまさんに構わず走り出した。歩くのでさえ速いおしげさんが本気で走ると、やすでもついて行くのが大変だった。どこに向かっているのかわからないまま、おしげさんの背中を見失わないように走った。

大通りを半分ほど戻ってから路地に入り、今度は海と反対のほうに駆けて行く。道は次第に登りになる。

おしげさんが持っていた提灯は火が消えてしまっていたが、おしげさんは月あかりだけで充分なくらい、その道をよく知っているようだった。

やがて周囲に家はなくなり、道もでこぼこと木の根が剝《む》き出しになっていて、やすは転ぶのが怖くて走るのをやめるしかなかった。月の光の中に、質素だがそこそこ大きな建物が見えて来た。

「親方！」

おしげさんは、夜に潜《ひそ》む生き物たちが驚いて飛び出しそうな大声を出した。

「親方、ちょっとお願いしますよ、おしげです！　千吉の姉の、おしげですよ！」

すぐにガラガラと音をたてながら戸が開いた。

「おう、おしげ。千吉はどうだ、大丈夫なのかい」

「大丈夫って、やっぱり仕事には来なかったんですか」

「何言ってんだ、千吉はたちの悪い風邪《かぜ》をひいて二、三日は起き上がれねえって、遣いの子をよこしたのはおまえさんだろう」

親方の言葉を聞くなり、おしげさんはへなへなとその場に膝《ひざ》をついた。

「おい、どうした、大丈夫かい」

親方がおしげさんの肩に手を回す。やすもその背中を抱えた。

「ちょっと中に入ろう。おしげ、中でひとまず休め」

「いいえ、いいえ」

おしげさんは無理に立ち上がろうともがいた。

「休んでる暇なんかないんですよ。早く見つけないと」

「見つけるって、千吉をか？　千吉は風邪で寝込んでんじゃねえのかい」

「あの、そのお遣いの子が来たのはいつですか。昨日ですか」

やすは思わず訊いた。

「今朝の、あれは何時《なんどき》だったか、巳《み》の一刻頃かな」

「おしげさん、千吉さんはまだ品川にいると思います」

「なんでそんなことがわかるんだい」

「明るいうちに二人して品川を出たら目立ち過ぎます」

「もう日はとっくに暮れてるよ」

「大通りはこれから賑わいが増します。千吉さんはともかく、春太郎さんの顔を知っている人も大勢通ります。春太郎さんが品川を歩けるようになるのは、遊郭がひけの合図を打って、通りの賑わいがなくなる頃です」

「なんだ、おまえさんたち。春太郎ってのは芸者の春太郎のことか」

おしげさんがうなずいた。

「千吉と恋仲じゃねえかって噂は耳にしていたが、まさか本当なのかい。あの堅物の千吉が、なんだって芸者なんかと……まあそんなこたいいが、まさか千吉のやつ、春太郎と駆け落ちをしやがったのか」

「そうでないことを祈りたいけど、親方のとこにまで風邪だなんて小細工してるんだ、二人して品川を出るつもりなのは間違いないですよ……ああもう、どうしたらいいんだろう。揚羽屋の連中に捕まったら、千吉が殺されちまう……」

おしげさんがめそめそと泣き出した。

「元気出してください、おしげさん。きっとまだ二人は品川のどこかにいます。見つけ出して説得すれば大丈夫です」

「そんなこと言ったって」

おしげさんは子供のように首を振った。

「千吉はあたしの言うことなんか聞いちゃくれない。恋に目が眩《くら》んで、他のことは何にも見えなくなってるんだよ。それに品川のどこにいるのか、見当が付かないよ」

「どこに隠れているにしたって、今夜には品川を出るつもりだろうさ」

親方が言った。

「江戸のほうに向かったら高輪《たかなわ》の大木戸で捕まっちまうから、向かうとしたら西だ。西は箱根《はこね》関所までは簡単に行ける。箱根を越えようとしたらおおごとだが、駆け落ちもん二人で暮らすだけなら、何も箱根の向こうまで逃げなくたっていいからな。おそらく誰か、二人が頼る人がいて、その人の里にでも向かうんだろう。案外逃げ切って、二人で幸せに暮らせるかも知れないぜ」

「親方ったら、そんな戯言《たわごと》言わないでくださいよ。千吉は飾り職人としては腕が立つけど、他のことは何にもできやしない。春太郎さんだって、包丁一つ握ったことはないだろうし、米が研《と》げるのかどうかだってあやしいんだから」

「そんなもんはやってみれば次第に慣れるさ」

「親方は本気で、二人の駆け落ちを認めるつもりですか」

「いいや」

親方は腕組みして、苦笑いした。

「揚羽屋に追われたら、どこに隠れてたっていずれ見つかって連れ戻されるだろうな。そん時は運が良くても指を潰《つぶ》され、飾り職人としては終わり。運が悪けりゃ……」

「冗談じゃない！」

おしげさんは今度こそ立ち上がった。

「千吉には指一本触れさせないよ！　あの子はただ、女を好きになった、それだけのことじゃないか。なんでそれだけのことで、命までとられないとなんないのさ。そんな理不尽なことってあるかい！　なんとしてでも今夜中に千吉を見つけ出して、ばかなことは止《や》めさせるんだ。品川中しらみ潰しに当たって、何がなんでも見つけ出してやるよ！」

「それだったら大通りを抜けたあたりで張ってりゃいいんじゃないか」

親方が言った。

「どのみち東海道《とうかいどう》を西へ行くつもりなら、大通りを歩くしかないんだ」

「あの、おしげさん」

「なんだい」

「千吉さんは、舟を漕《こ》ぐことができますか」

「舟？　そんなもの漕いだこと、ないんじゃないかね。なんでいきなり舟のことなんか」

「……まさか、品川の湊《みなと》から舟で逃げるって」

親方はやすを見た。親方の後ろに遠く輝いていた月が雲に隠れて、一瞬、親方もおしげさんも闇《やみ》に溶けた。

「そりゃ、舟で逃げれば一晩で浦賀あたりまで行けるだろう。街道を夜中に歩けば追いはぎにやられるかも知れねえ、女連れでは大変だ。海を渡れるならそうするほうがいい。しかし、千吉にも春太郎にも舟なんか漕げねえだろう。海に漕ぎ出すってのは、そのへんの小川や堀で舟遊びするのとはわけが違う。だが少しばかり金があれば話は別だ。舟の扱いに慣れた者、地元の漁師でも、そいつの持ち舟ごと雇えばいい」

「どうしよう……舟で逃げられたら追えやしないよ」

「大丈夫です、おしげさん。舟を雇って逃げるとしても、湊に人がいなくなってからでしょう。まだこの時刻だと、夜釣りに出ている人もいるでしょうし、酔い覚ましに歩いている人もいるんじゃないでしょうか。春太郎さんの顔を知っている人は品川には大勢いますから、誰かに見られそうな時刻には舟を出さないと思います」

「つまり、まだどこかに隠れて、夜が更《ふ》けるのを待ってると」

「そう思います」

「だったら湊で待てばいい。その内に二人してやって来る」

「けどね、親方、品川の湊は広いですよ。千吉たちがどの漁師を雇ってどの舟に乗るのか、その舟が湊のどこから出るのかわからないんだから、待ち伏せしたってきっと逃げられちまう」

「大通りから湊に出る道は一つっきゃねえ。そこで張ってりゃ、そのうち二人がやって来る」

「そうだね」

　おしげさんはうなずいた。

「あそこで待ってりゃ、千吉はきっと来る」

　二人が歩き出そうとした。やすは言った。

「湊に出る道は、もう一つあります」

「え？」

　おしげさんが振り返る。

「他に道なんかあったかい」

「へい、松林の中に」

「松林？」

「政さんと松露《しょうろ》を採りに歩きました」

「松林ってあの、紅屋の裏から入れる？」

「へい」

「おやす、あんた、あの二人が逢い引きしてたのは」

「へい、松林に向かう小道のまわりの草むらです」

「行ってみよう」

おしげさんが言った。

「松林の中のどっかで、夜が更けるのを待ってるかも知れない」

「松林の中に、小屋があります」

「小屋？　そんなものあったかね」

「政さんが作ったんです。松露を掘る道具とか、松脂《まつやに》を溜めとく器とか、いちいち道具を抱えてあそこまで歩くのは面倒だからって」

「あら、いつの間に。政さんは器用だからねえ。おやす、あんたその小屋の場所は知ってるんだね？」

「へい」

「案内しとくれ。親方、ありがとうございました。あとはあたしがなんとかします」

「いや、千吉はまだ独立してねえんだから、俺の弟子だ。俺も行く」

三人で紅屋まで駆け戻り、紅屋の人たちに気づかれないよう、そっと裏庭にまわった。もう客部屋の雨戸は閉まり、奉公人も寝床に入った頃だった。

雲が晴れてこうこうと月が照らしている。満月には少し足りない月だったが、提灯がなくても道はよく見えた。

平らな石の先から草むらを抜ける山椒《さんしょう》の小道を通って松林に向かう。

二人はきっと、あの小屋にいる。やすはそう思っていた。おそらく、これまでにも何度か、二人はあの小屋を逢い引きの場所にしていたのだ。先夜に草むらの中で抱き合っていたのは、逢い引きのあとあそこで別れて帰ろうとしたのに、別れがたくてまた抱き合ってしまったのだろう。

少し前までのやすには、そうしたことはわからなかった。けれど、なべ先生を想《おも》う気持ちに気づいてからは、恋をしている人たちの胸の内が、少しはわかるようになった。

小屋に近づくと、三人とも息を殺した。親方が板壁に耳をあて、首を横に振る。物音も人声も聞こえないらしい。

「あの」

やすは声をひそめて言った。

「こっちに板が割れてるとこがあります」

やすの案内で全員で小屋の裏にまわった。板壁の一部が剝《は》がれて、せんべい一枚分くらいの穴が開いている。

「政さんが、直さないと、っていっつも言うけど、次の時には大工道具を持って行くのを忘れて直せなくて、そのうち松露の季節も終わってしまうんです」

親方が顔をくっつけて覗《のぞ》き込んだ。

「なんだよ……寝てやがる。呑気《のんき》な奴《やつ》らだ」

おしげさんが替わって覗いた。

「……まるで子供だね。仲良く並んで、スヤスヤだ」

おしげさんの声は涙で震えていた。

おしげさんにとって、千吉さんは弟でもあり、息子のようでもあったのだろう。

おしげさんが穴から離れたので、やすもそっと穴の中を見た。

政さんが道具置き場にやっつけで作った小屋なので、あちらこちらに隙間《すきま》がある。その隙間から漏れた月の光が、千吉さんと春太郎さん二人の顔を柔らかく照らしている。

二人は手を繋《つな》いでいた。そして、春太郎さんの頬《ほお》には、涙の筋があった。

このまま逃がしてさしあげたい。ここに小屋があることを告げ口なんかするんじゃなかった。やすは自分のでしゃばりを後悔した。

気配を察したのか、千吉さんが目を開けた。表の戸口にまわり込んでいた親方が声をかける。

「千吉。俺だ。吉蔵《きちぞう》だ」

千吉さんが跳ね起きた。やすは穴から目を離して戸口にまわった。

「千吉、ここを開けろ。大丈夫だ、おしげさんと、紅屋の女中が一人いるだけだ。誓って三人だけだ。揚羽屋のもんも岡っ引《おかぴ》きもいねえよ。俺を信じてくれ、千吉」

しばらくの静けさの後で、ガタガタと音をたてて戸が開いた。政さんが、そのうちやすりをかけて音がしねえように直さねえとな、と言っていたのが思い出された。

「親方」

千吉さんは、深く頭《こうべ》を垂れていた。

「ご心配かけてすみません」

「千吉！」

おしげさんが叫んで、千吉さん目掛けて走りこもうとした。その体を親方が抱き止めた。

「まあ待ちなさい、おしげさん。まずは中に入って、落ち着いて話そう」

やすは外で立っていた。中に入るつもりはなかった。もうでしゃばりはやめる。おニ人の仲を裂くようなことには、もうかかわりたくない。だが、おしげさんの声がした。

「おやす、おまえさんも中にお入り。そんなとこに立ってたら、誰に見られないとも限らない」

やすは渋々、小屋の中に入った。親方とおしげさんは、正座している千吉さんと春太郎さんの前に座る。やすはおしげさんの後ろに座った。

「おやす、ここには灯りはないのかい」

「へえ、昼間しか来ることはないんで、行灯《あんどん》は置いてありません」

「おしげさん、灯りは駄目だ。この小屋はあちこちに穴が開いてら。灯りを点《つ》けたら光が外に漏れるぜ。真っ暗な中でぼそぼそ話すのは気味が悪いから、月が出ているうちに片づけよう。まずは千吉、そして春太郎さん。あんたらは、どうやら駆け落ちを目論《もくろ》んでいたようだが、今夜舟を雇って品川から江戸の海に出て、それからどうするつもりだったんだ。どこぞ、相模《さがみ》の海沿いの村にでも逃げて、漁師にでもなるつもりだったのかい」

千吉さんは黙ったまま、うなだれて首をこくんとさせた。

「八つかそこいらのガキの頃から仕込んでやった、俺に一言も相談せずにかい」

「……親方……すみません。すみません……」

「死んだ女房がおまえに辛く当たってたのを、今でも恨んでるなんてこたねえな？」

「そ、そんな滅相もないです。女将《おかみ》さんは生きていく術《すべ》をわたしに教えてくだすったんです」

「だったらなんで、こんな義理を欠くような真似《まね》ができるんだい」

「わたしが悪いのです」

春太郎さんが、意外なほどにしっかりとした声で言った。

「千吉さんはずっと、親方とお姉さまのことを気にかけておりました。申し訳ない、申し訳ないと。けれど、こうするより他に、わたしと千吉さんが一緒になれる手がないのです」

　春太郎さんは、床に額をすりつけるようにした。

「どうか、どうかお見逃しくださいませ。三俣村《みつまた》にわたしの遠縁の者がおり、私たちを住まわせてくれると手紙を貰いました」

「三俣村ってえと、駿河《するが》のほうじゃねえか。あんな遠くまで何日かかると思っているんだ。漁師の舟だってそう都合よく雇えねえぜ。そうこうしてるうちに、追っ手に捕まる。揚羽屋ってのは、表向きは派手に商売している品川でも三本指に入る店だが、裏ではその筋の連中と手を結んで、いろいろと阿漕《あこぎ》に儲《もう》けてるって噂のある店だ。その揚羽屋が、あんたが逃げるのを黙って見てると思うかい」

「千吉！」

　おしげさんが涙声で言った。

「おまえ一人で春太郎さんを守りきれるなんて思い上がってるなら、とんでもない了見違いだよ。あいつらに捕まったら半殺しで済めば運がいいが、簀巻きにされて海に放《ほう》り込まれたって、お上は見て見ぬふりするに決まってる。駆け落ちは大罪なんだよ、わかってるのかい！　春太郎さんだって、捕まって連れ戻されたら地獄を見ることになるんだよ！　おまえは、好いたお人をそんな地獄に落としてもいいって言うのかい！」

「姉さん、捕まったら、二人で死にます」

「ばかなこと言うんじゃないよ！」

おしげさんは半立ちになり、千吉の肩を摑《つか》んで揺すった。

「心中はもっと大罪だ、死に損なったりしたらどんなことになるか。首尾よく死ねたところで残されたあたしはどうしたらいいんだい！　おまえがいないこの世なんか、あたしだってごめんだよ！　ほら、この子をご覧。あたしの後ろにいる、このおやすだよ。この子はね、あんたたちが紅屋の裏で逢い引きしてるのをたまたま見ちまって、それでも言いふらしたりせずにあたしにだけ教えてくれたんだ。なんでだかわかるかい？　あんたたちが心中するんじゃあないかって、それが心配で心配で、いてもたってもいられなくなったんだよ。この子はそこの春太郎さん同様、まだ年端《としは》もいかないうちに売られちまった。それも実の父親に売られたんだよ。それでもこの子は自分の運命を呪《のろ》ったりしない。毎日懸命に働いて、疲れ果てて眠る、それだけの毎日なのに、あんたたちの命のことまで心配してくれたんだよ。千吉、そして春太郎さん、あんたたちは、自分たちのこと以外にはまるで構わないんだね。自分たちさえよかったら、他人がどうなろうと知ったこっちゃないんだね！」

「姉さん、それは違う。俺らだって」

「違わないよ！　あんたたちは逃げて幸せになるか、捕まって死ぬかすればいい。だけど、残された者がどんな目に遭《あ》うか、ちょっとでも考えたことがあるかい？　春太郎さんの残った年季分の借金は、誰が払うことになると思ってるんだ。揚羽屋は、死んじまったら仕方ないから棒引きにしましょう、なんて言いやしないよ！　春太郎さんの縁故の誰か、あるいは千吉に縁のある者誰かれ構わず、金を返せと脅して来るに決まってる。あたしならいいさ、どうせ脅されたって無い袖《そで》は振れない、千吉のいないこの世に未練もない、揚羽屋の雇ったゴロツキに殺されるか、夜鷹《よたか》にでもされて筵《むしろ》抱えて河原でも歩くさ。けど、そんな金のない女なんかに構うよりも、親方を締め上げた方が実入りはいいからね、きっと親方のとこに押しかけて、金を払えと喚《わめ》くだろうさ。千吉、あんたそこまで考えてこんなことしてるのかい？　そうなってもいいと思ってるのかい！」

「もし命を永らえて、春太郎と共に生きることが叶うなら、どんなことをしてでも、一生かかってでも、お金はお返しします。姉さん、信じてください」

「どうやって返すって言うんだ」

親方が言った。

「まさか逃げた先でも飾り職人ができるなんて思ってるんじゃねえよな？　飾り職人ってのはみんなそれぞれ、自分の手を持ってるんだ。そしてそれは師匠から受け継ぐ技なんだよ。おまえにその技を教えたのは俺だ。だから俺とおまえとは、それぞれ作ったかんざしを見る人が見れば一発で、同じ技を受け継いだ者同士だってわかるんだ。おまえがどこで作ろうと、それは隠せねえ。揚羽屋は面目を潰されて、どんなに金と手間がかかってもおまえたちを見つけ出して懲《こ》らしめねえと気が済まねえだろうから、徹底しておまえのかんざしを追う。見つかるのが嫌なら、おまえはもうかんざしは作れねえんだよ。その歳《とし》から漁師になったって大して稼げねえし、自分の舟を持つにも金が必要だ。借金を返すのにまわす余裕なんざ、金輪際ねえぞ」

「春太郎さんだって同じだよ。それだけの器量良しだもの、花街に出ればすぐに評判になる。しかもあんたさんの浮世絵はけっこうな人気だそうじゃないか。どこに逃げたって、得意の踊りやら三味線《しゃみせん》やらで稼ごうとすれば人目をひいて、いつか品川まで噂が届く。手内職やら縫い物やら、飯屋の下働きやらでどんだけ稼げると思っていなさる。二人で逃げたその先で、残した借金が返せるような楽な暮らしができると考えているんなら、それはあんまりにも甘いよ。いいかい、二人とも。できない約束を箇単にするのは、約束しないよりずっと悪い。ずっとずっと、不実な態度なんだよ」

「逃げ切れるかどうかわからねえ、逃げ切れたとしても生きていくのにかつかつの暮らしだ。万一捕まって連れ戻されたら、命も危ねえ。それでも行きてえんなら、俺を殴り倒しておしげさんとその女中をしばりあげて行くんだな。俺は手加減はしねえぜ」

親方が拳《こぶし》を握る。今にも千吉に飛びかかりそうに構えたところに、春太郎が飛び出して親方の足にすがりついた。

「堪忍《かんにん》してください。お願いです、見逃してください。何もお約束はいたしません、お金もお返しできないだろうし、ご迷惑もかけっぱなし、恩もお返しすることはなく、二人して地獄に落ちるやも知れません。けれど、それでも、それでも、二人が添い遂げるには、もうこれしかないんです。このままだとわたしは、大利根屋《おおとねや》さんの囲いものとして身請けされてしまいます。囲いものになったら自由に外に出ることも叶うかどうか。千吉さんとは二度と逢えなくなるかも知れません。一緒になれなくても芸者でいられるのなら、好きな芸事に精進し、仲間の芸者がつけたかんざしに千吉さんの技を見つけて、同じ品川の町に千吉さんも暮らしているんだと思えれば、それなりに生きる甲斐もございます。ですが人前で芸事をすることが出来なくなり、黒松の塀の中で旦那《だんな》様のお越しをお待ちするだけの日々、千吉さんの噂一つも流れて来ない中で生き続けなくてはならないとしたら、それはもう、わたしにとっては何より酷《むご》い地獄なのです」

「わたしも同じです」

千吉さんが両手と額を床につけた。

「春太郎が芸者でいてくれるなら、その姿を浮世絵で眺め、その髪を飾ることを想いながらかんざしを作り、それなりに幸せも感じて生きていかれます。けれど春太郎がよそ様の持ち物になってしまっては、何の夢も楽しみも感じることができないんです。頭ん中でいろいろ想い巡らせることすら、よそ様の持ち物に対してはゆるされることではないんです。ことここに至っては、二人で逃げるしかない。逃げきれなくてどんな酷《ひど》い目に遭わされたとしても、何もしないでいて救いのない苦しみの沼にはまるよりはまし、そうじゃありませんか。だからお願いです、親方、姉さん。見逃してください……」

千吉さんは、男泣きしていた。春太郎さんは、泣くのを堪《こら》えるように唇を噛んでいる。

親方もおしげさんも、どうしたらいいのかわからない、という顔でじっとしている。

その時、やすは、胸の底からつきあげて来たものを吐き出したい、と思った。自分のようなものがでしゃばるべきではない、とわかっていたのに、口が開いて言葉が飛び出してしまったのだ。

「なぜ、身請けのお話をお断りできないのですか」

春太郎は、そこにやすがいることに初めて気づいた、という顔でまともにやすを見た。

目が合った。

見つめていると焼き尽くされてしまうような、熱い目をしていた。

「なぜって、年季が明けていないのだもの。身請けを承諾すれば、借金の清算の他に支度金やら礼金やら、揚羽屋さんにはたくさんお金が入るんです」

そんな当たり前のこともわからないのか、という微《かす》かな侮蔑《ぶべつ》が感じられたが、やすは続けた。

「でも春太郎さんは、ちゃんと芸事をしてお金をお返しなすってるんでしょう？」

「襟替えが済んでわたしも芸者として一本立ちはしてるから、少しずつは返しているけれど、でもどんなに頑張っても今のままだと、年季が明けるのは大年増《おおどしま》になった頃よ」

「それでも、千吉さんは待ってくださるんじゃないですか」

「そりゃ待ちますよ」

　千吉さんが言った。

「大年増どころか、五十になろうと八十になろうと、待ちますよ！　でも女中さん、春太郎の立場で大利根屋さんからの身請け話を断るなんてことは、できやしないんです。そんなことをしたら大利根屋さんが気分を害して、もう揚羽屋にはあがってくださらなくなるでしょう。大利根屋さんは品川では、脇本陣《わきほんじん》に次ぐ大旅籠、顔も広いし睨みも利きます。そんな方に睨まれたら、もう品川で芸者はできません。揚羽屋さんだって怒って、春太郎をどこぞに売り飛ばしてしまうかも知れません」

「芸事を極めたい、そう言えば、わかってくださるのではないでしょうか。大利根屋さんのお噂は手前どもの紅屋でも始終耳にいたします。紅屋の大旦那様とは囲碁のお仲間でもあります。芸事をご覧になるのがことの外お好きで、ご自身でも鼓を打たれると聞いています。とても粋人《すいじん》だと大旦那様がおっしゃっていました。そんな方でしたら、春太郎さんの覚悟をお話しになれば、わかってくださるかも知れません」

　やすの言葉に、春太郎は何かとんでもないものを見たような顔で、じっと耳を傾けていた。

おしげさんが静かに言った。

「芸事を極めたい。一度それを口にしたら、極めた、と自分が納得できるまで、千吉との逢瀬《おうせ》は叶わないよ。その代わり、二人とも今まで通りにこの品川で、それぞれの修業に励んで精進できるかも知れないね。大利根屋さんがなんとおっしゃるかわからないが、春太郎さんが本気でそうしてみると言うなら、うちの大旦那様に口添えして貰えるよう、頼んでみてもいい。あたしなんかが頼んだってどうこうなりゃしないかも知れないが、紅屋の大旦那様は、女中の言葉でもそこに命がけの思いがあると感じなすったら、決してないがしろにはしないお方だよ。けど、二人にそれだけの覚悟がないならあたしは何もできない。色恋のことが出来なくなるくらいなら簀巻きにされたほうがましって言うんなら、親方を殴り倒して二人でお逃げ。そのあとどんな地獄が待っていたとしても、二人がそっちを選ぶって言うなら、あたしはもう止めないよ」

親方は何も言わず、腕組みしたままで、なぜか春太郎さんをじっと見つめていた。

十三　夜中の湯漬け

　やすは、それ以上その場にいるのが辛《つら》すぎて、深く頭を下げてから後ずさりして小屋を出た。おしげさんに叱《しか》られるかと思ったけれど、おしげさんも今は千吉《せんきち》さんのことで頭がいっぱいらしい。

　やすには、春太郎《はるたろう》さんの熱い視線が、自分を非難しているように思えて仕方なかった。同じようにこの品川《しながわ》宿に売られて来て、自分の境遇に疑問も持たずに満足して生きていることを春太郎さんに軽蔑《けいべつ》されているような気がしたのだ。

　わたしだって、恋というものに少しだけ触れた。けれど、他人を不幸にしても構わないと思うほどには、なべ先生のことを想《おも》っていない。想えない。それは本当の恋ではないのだろうか。

　わたしはなべ先生に幸せになっていただきたいし、なべ先生を想っているお小夜《さよ》さまにも幸せになっていただきたい。けれどお二人は添い遂げることは叶《かな》わず、別々の道を行きなさる。恋よりも大切なものが、お二人には、ある。

　春太郎さんにとっては、芸事よりも千吉さんと添い遂げることのほうが大事なのだ。

人にはそれぞれに、どうしても手放せないものがあって、そしてそれは、それぞれに違っている。

やすは、誰《だれ》かに見られないように用心しつつ小屋から出て、紅屋《くれないや》には戻らずにおしげさんの長屋に向かった。

千吉さんと春太郎さんがどんな決断をするにせよ、おしげさんの心は深く傷つく。

重い足を引きずって長屋に戻った時に、心が温まるものを食べさせてあげたい。

大通りはまだ賑《にぎ》わいの最中だった。今はまだ誰も、春太郎さんが逃げたことに気づいてはいないだろう。揚羽屋《あげはや》の前も通ったが、いつもと同じ、きらびやかで賑やかで、少し毒々しい様子だ。

品川宿は、本当に不思議なところだ、とやすは思った。きらきらとした遊郭の賑わいと、街道を行き来する旅の人々の、それぞれの事情。そして海にはお台場が置かれて異国の船を睨《にら》み、もう少し南に行けば鈴ヶ森《すずがもり》がある。恐ろしくてやすは近づくのも嫌だったが、磔《はりつけ》があるとおふれが出れば、紅屋の女中たちまで見物に出かける。留《とど》まって生きることと旅をすること。幸福と罪。人が生きていることと、殺されること。それらがごったに混ざり合って、この品川はできている。

おしげさんの長屋に着くと、半間ほどの小さな台所を探った。お櫃《ひつ》に入った冷や飯、鰹節《かつおぶし》、それに銚子《ちょうし》の醬油《しょうゆ》。醬油は紅屋のお下がりだ。少し古くなって風味の落ちた醬油は、女中たちが貰《もら》って帰る。

急いでおかかをかいて、醬油と一緒に飯に混ぜ込み、小さめの握り飯にした。七輪を外に出して火をおこす。こんな時刻に火をおこしていたらご近所さんから叱られるかとびくびくしながら、握り飯を香ばしく焼いた。湯を沸かし、おかかの残りでさっと出汁《だし》をとった。どこからともなく猫が現れて、やすの足首にさかんに頰《ほお》をなすりつけた。愛らしい猫で、端切《はぎ》れを編んだ洒落《しゃれ》た首輪をつけている。首輪に通した鈴が、ちりりんと鳴る。出がらしの鰹節を、お櫃にへばりついたご飯に混ぜて、猫にやろうと器を探すと、鮑《あわび》の殻がちゃんとあった。この猫はおしげさんの飼い猫らしい。

長屋の裏には小さな畑がこしらえてあり、しげ、と書かれた木札が立っている一角には、ちょうど折好《おりよ》く葱《ねぎ》が植えられていた。青いところを少し切って、細かく刻んだ。

おしげさんはなかなか帰って来なかった。やすは、部屋の隅に畳んで積まれた布団に背中を預け、こっくり、こっくりと舟を漕《こ》いでいたが、やがて眠ってしまった。

ガタガタと戸が開く音で目を覚ますと、入って来たおしげさんが水瓶《みずがめ》から柄杓《ひしゃく》で水を飲んでいた。

「起こしちまったね。いいよ、おやす、そのまま寝ておいで。お茶を一杯飲んだら、布団敷いてあげるからね」

「おしげさん」

千吉さんと春太郎さんはどうなすったんですか、と訊《き》きたかったけれど、やすはそれを堪《こら》えて代わりに言った。

「おしげさん、小腹が空《す》いてませんか」

「そうだねえ、紅屋でまかないをいただいてから随分時が経《た》つからね。おやす、お腹《なか》空いたのかい。お櫃に冷や飯が残ってるはずだから、お茶漬けでもするかい」

「ちょっと待っててください。わたし、作ります」

「あらいいよ、あたしがやるよ」

「慣れてますから」

「まあそうだけどさ。じゃ、ちょっと手足と顔、洗って来るよ。無駄に走ったり、千吉のことで頭に血が上ったりして、汗をかいちまった。このまま寝たらかゆくなりそうだ」

おしげさんは手ぬぐいを手に、井戸に向かった。

戻って来て、小さな箱膳《はこぜん》の上に載せられた器を見て驚く。

「おやまあ、これはなんだい？」

「へい、握り飯に醤油とおかかを混ぜ込んで焼いて、出汁で湯漬けにしました」

「いい香りだねえ」

「お醤油が良いものでした」

「紅屋で使ってる醤油だからね、そりゃ上等だよ。なんにもなくたって、ご飯にこの醤油垂らしただけでもご馳走《ちそう》だ。おや、けどこれ、あら美味《おい》しい！　このご飯が焦げたとこがまたなんとも」

「香ばしさが加わるとお出汁の味も引き立ちます」

「あらあら、嫌だよ、こんな時間だってのに箸《はし》が止まりゃしない。おやす、あんたはやっぱり料理の才があるんだねえ。ご飯とおかかと醤油に葱だけで、こんなもの作るなんて」

　おしげさんが夢中で食べているのを見ていると、やすは心が穏やかになって来るのを感じることが出来た。春太郎さんの強い視線で傷つけられた心が、癒《いや》されていく。誰かに自分が作ったものを食べて貰って、こんな風に幸せそうな顔をして貰えたら、もうそれだけで他に何がいるだろう。

「ああ、美味しかった。ごちそうさんでした」

おしげさんは、二杯目を平らげてやっと箸を置いた。

「なんだか、人心地がついたよ。ありがとうね、おやす」

やすが膳を片づけようとすると、おしげさんがやすの手に自分の手を重ねた。

「いいから、そんなもの。どうせ千吉は今夜戻らないんだ、明日の朝、ゆっくり片づけるよ」

「千吉さんは」

「今夜は親方のとこに泊まるって。春太郎は揚羽屋までおくった。今夜のお座敷に、一つくらいは間に合っただろう」

「お二人は、駆け落ちは諦《あきら》めてくだすったんですね」

「どうだかね」

おしげさんは、諦めたように笑った。

「またやるかもしれないね。次は心中だね」

「そんな、おしげさん……」

「仕方ないのさ。恋心ってもんは所詮《しょせん》、他人がどうこうして止められるもんじゃない。勝手に醒《さ》めるのを待つしかないんだよ。それでも、しばらくの間は離れていると、千吉は約束してくれた。あの子は気軽に嘘《うそ》の約束をするような子じゃないからね、頭を冷やす間《ま》くらいあるだろう。その間、千吉は親方のところに寝泊まりして、もう一度修業をやり直すことになった。親方が千吉の気持ちを察してそうしろと言ってくれたんだよ。千吉は、あたしのそばにいるのが辛いんだ」

「そんなことは」

「あたしが悪いのさ」

　おしげさんは寂しそうに笑った。

「あたしが千吉をおさえつけてしまったから、あの子はそれを窮屈に思って、逃げ出したかったのかもしれない」

「そんな、千吉さんはただ、春太郎さんへの想いを遂げたいだけだと思います」

「その気持ちは本物だとあたしも思うよ。伊達《だて》や酔狂で命まで懸けて恋なんかできないからね。だけどね、あの子があそこまで春太郎に惚《ほ》れてしまったのは、春太郎の持つ雰囲気というか、醸《かも》し出す空気が、千吉にとってとても心地良かったからじゃないかって。おやすだって感じただろう。春太郎はそこいらの女とは違ってる。自分の意思をはっきり口にするし、口にした通りに行動する女だよ。さすが、強訴《ごうそ》に及んで処刑された名主の娘だけのことはある。春太郎は、自分がおかしいと思ったこととは闘う女なんだよ。あたしはそうじゃなかった。承知できないと思うことがあっても、とにかく我慢して我慢して、風向きが変わるのをじっと待って、自分のほうからなんとか折り合いをつけて生きて来た。そして千吉にも、そうやって生きろと教えた。あの子は手先がとても器用だし、細工ごとは嫌いじゃないと思っていたけれど、本心はどうだったのか。本当は他にやりたいことがあったのかもしれない。もともと、飾り職人の親方に預けられたのはあの子の望みじゃない。穂高《ほたか》の実家が勝手に決めたこと。でもあたしは、それがあの子を幸せにするたった一つの方法だと信じて、とにかくいい飾り職人になることだけ考えな、何があっても堪えて我慢して、精進して、一日も早く親方と呼ばれるようになるんだよ、ってさ、それぱっかり言い続けて来た。それは……もしかしたら、間違っていたのかもしれないよ。春太郎はこう言ったんだよ。わたしは芸事が好きですが、芸事を極めるためにすべてを捨てろ、諦めろと言われたら、そうできるかどうかわかりません、ってね。そんなこと、あたしは自分に問いかけてみたことすらなかった。できようができまいが、そうするしかないんだ、と思っていたからね。けど考えてみりゃ、たとえすべてを捨てて諦めて、何かに精進したところで、才がなければ大成はできない。生まれ持った才は、何かと引き換えに手に入るようなもんじゃないんだ。それに、どんな仕事であれ芸事であれ、才のあるもんはごくごくひと握りさ。いくら頑張って修業したって、才がなければそれまでだよ。たとえば勘平《かんぺい》が政《まさ》さんの歳《とし》まで修業を続けたとして、政さん以上の料理人になれると思うかい？　思わないだろ。そこそこの料理人にはなれるかもしれないが、政さんのような一流の料理人は多分無理だ。でもあんたは違う。おやすなら、政さんを超えることができるかもしれない」

「そんなまさか」

「ううん、まさかじゃないよ。何より、政さんがそう思ってる。だからあんたになら、あたしは言える。他のことなんか考えず、ただひたすら料理の修業をしろってね。他のことはすべて捨てて諦めても、その見返りはきっとある。おやすなら、料理の道で成功できる」

「けど、女の料理人なんて」

「上方には女の料理人もいると聞いたことがあるよ。お江戸にだっているはずだ。だんだんと世の中は変わってくからね、黒船のあと、変わる速さが増したしね。けどね、あんたに言えることを千吉にも言えるのかどうか。春太郎と話していて、あたしは思ったのさ。千吉には千吉の人生があって、いくら親代わりの姉の立場でも、そこに口出しするのは間違っていたんだ、ってね。千吉は器用だし、女の身を飾るものを作る才もまあ、持っている。けどあたしには、千吉が日本一の飾り職人になるなんてことは、正直なところ考えられないんだ。そこまでの才も、本人のやる気もないんじゃないか。だったらそんな千吉に、色恋にうつつ抜かしてないで精進しろなんて、簡単に言っていいもんなんだろうか。あたしゃ、つくづく思い知ったよ、自分がどれだけ千吉をおさえつけ、あの子の気持ちをわかってやろうとして来なかったか。今度のことは、千吉なりのあたしへの反抗なのかもしれない」

「千吉さんはおしげさんに感謝してらっしゃると思います」

やすは必死で言った。

「おしげさんの気持ちはちゃんとわかってらっしゃいます。おしげさんに申し訳ない、と思っているのは本当のことです。きっとそうです」

おしげさんは、ふふ、と笑って、やすの頭を撫《な》でた。

「あんたはいい子だよ。優しくて賢くて、それに、誰のことも恨まない。あんたを売り飛ばした父親の悪口だってあんたの口から聞いたことがない。素直で本当にいい子。でもね、おやす。人ってのは、時には悪い子になることもあっていいんだよ。何もかも受け入れなくたって、いいんだよ。あたしゃ、春太郎を見ててそのことを知ったんだ。理不尽なことがあって、腹が立ったら怒ればいいんだ。あんたにもいつか、どうにもこうにも腹が立って、はらわたが煮えくり返って我慢できない、ってことが起こるかもしれない。穏やかに生きて行きたいと思っていたって、何が起こるかわからないのが人の世だからね。その時が来たら、あんたも怒るといいよ。春太郎が私らを睨みつけていたみたいな、燃えて火が出そうな目をして怒るといい。それが人ってもんだ。人である限りは、何もかもに耐えられるわけがない」

やすは、へい、と言おうとしたのに声が出なかった。

「さ、布団敷いたげるから、もう寝よう。明日はちゃんと寝坊せずに起きて店に行かないとね」

「あの、お二人はこれからどうなるんでしょう」

「千吉と春太郎かい？　さあねえ……ひとまず、今夜は親方が千吉とじっくり話して、千吉がばかなことを考えないように諭すだろうね。春太郎はいつものようにお座敷に出て、踊って三味《しゃみ》を弾いて、さて明日はどうするつもりなのか。あの子は利口だから、千吉の決心を待つつもりだと思うよ。千吉が春太郎と別れると決めれば、あの子はすっぱりと芸者として生きていく道に戻るだろうね。そういう子だよ、春太郎は。けど千吉がどうしても春太郎と添い遂げたいと願うなら、あの世まで一緒に行くつもりだよ、きっと。そういう潔さ、業の深さがあの子にはある。あたしにはよくわからないけどさ、そういうのはきっと、芸者としては魅力になるもんなんじゃないかね。千吉と別れたら、春太郎は名が残るような名妓《めいぎ》になるだろうね」

どちらが幸せなんだろう。やすは寝巻きに着替え、微《かす》かに男の人の匂《にお》いのする布団に横になった。おしげさんが、綿の入っていない夏向けのかいまきをかけてくれた。あまりにいろいろあってくたくたに疲れていたけれど、妙に目が冴《さ》えてなかなか眠れない。そのうつらうつらとした意識の中で、春太郎さんの美しい顔が浮かんでは消えていた。

どっちがあなたにとっては幸せなんですか。

夢うつつでそう問いかけても、春太郎さんは答えてくれなかった。

十四　希望

千吉さんと春太郎さんの駆け落ち騒動は、幸いなことに誰にも知られないままで終わった。千吉さんはおしげさんのところには戻らずに、親方の家に住み込んで修業のやり直しをしているらしい。春太郎さんは変わらずに芸者を続け、やすの耳にも噂《うわさ》が届くほどの人気芸者になりつつある。

二人は別れてしまったのだろうか。それとも、まだひっそりと、心だけは交わしたままなのか。

気にはなったけれど、やすはおしげさんに尋ねるのを我慢した。とにかく、二人はしばらく心中などする心配はないだろうと、そう思うことにした。

季節は夏になり、そしてその夏もあっという間に過ぎて、秋の風が吹き始めた。

長月《ながつき》の中頃《なかごろ》に、江戸に行っていたなべ先生が戻っていらしたとお小夜さまから手紙が届いた。なべ先生がいなくなって絵を習うという口実もなくなり、お小夜さまのところに行くのは、たまに百足屋《むかでや》さんにお遣いを言付かって、そのお遣いが済んだあとくらい。お小夜さまも、なべ先生がいなくなって、なんだか随分とおとなしくなられた様子で、遊びに行くと喜んではくれるけれど、以前のように振り袖《ふりそで》のままで鞠《まり》をついたり、庭の松の木に登ろうとなさったりはしないで、お菓子とお茶を前に、とりとめのないおしゃべりをして終わることが多くなっていた。そんな折だったので、なべ先生が戻られたという知らせに、やすは心躍らせた。

やすの気持ちを察した政さんが、どうでもいいようなお遣いを言いつけてくれて、やすは夕刻まで百足屋にいられることになり、足取りも軽く大通りを抜けた。

「おお、おやすさん。久しぶりだね」

なべ先生の笑顔に迎えられて、やすは心の臓がどっくんどっくんと跳ねるのを感じた。

「おやすちゃん、早くおあがりなさいよ。ほら、なべ先生が江戸のお菓子を持って来てくだすったのよ」

どきり、とした。

その日のお小夜さまは、目眩《めまい》をおぼえるほどに美しかった。うっすらと唇に紅をさし、いつもおすべらかしにしているのを結い上げて、紅葉《もみじ》を象《かたど》ったかんざしをさしている。振り袖もいつものような華やかな色ではなく、深い緑色の総絞り、白い染め抜きに銀糸の縫い取りが散っている、豪勢ではあるけれど清楚《せいそ》で落ち着いたものだった。

いつの間にか、お小夜さまが遠くに行ってしまった、そんな気がして、やすはほんの少し寂しく感じた。

「お二人とも、元気にしてましたか」

「元気なんかありませんでした」

お小夜さまは、銀杏《いちょう》の葉を象った干菓子をかじりながら、拗《す》ねたように言った。

「先生がいないと絵が描《か》けなくて退屈でした」

「わたしがいなくても絵は描けるでしょう」

「いいえ、描けませんてば。だってちゃんと描けているのかどうか、先生に教えていただかないとわからないじゃありませんか」

「自分が決めるものですよ、ちゃんと描けているのかどうかなんて」

「そんなことがわかるくらいなら、小夜も絵師になります」

「お小夜さんは絵師になりたいんですか」

「いいえ」

お小夜さまは唇を尖《とが》らせた。

「絵師なんて大嫌い」

「おやおや」

なべ先生が頭をかく。

「これは随分とご機嫌が悪い」

「だって先生たら、ちっともお返事くださらないんですもの。せっかく小夜がお手紙をお出ししましたのに」

「ああ、それは本当にすみませんでした。実はわたし、文字を書くのはあまり得意ではないんです。いや、書きたいことがたくさんあって、どう書いていいのかわからなくなる」

「そんなに面白いんですか、お江戸での暮らし」

「いやまあ、刺激はありますね。しかしなかなか絵だけでは食べていかれません。浮世絵の下絵を描いたり、お店《たな》の宣伝のようなものも引き受けたりしていますが」

「お店の宣伝？」

「どんなものを売っているか、絵で描くんです。字だと読めない人もたくさんいますからね、煎《せん》じ薬の効用だの、新しい味の餅菓子《もちがし》だの、絵にすると誰にでもわかるでしょう。そうそう、こっちに戻って早速、ご依頼を頂きました。妓楼《ぎろう》の大広間が新装されたので、それを絵にします」

「ああ、揚羽屋さんね」

お小夜さまがそう言ったので、やすは、どきっとした。

「品川一の大広間だそうね。お披露目《ひろめ》の日には、品川中の人気芸者や花魁《おいらん》がみんな呼ばれて、大変なことになるみたい」

「明日、揚羽屋さんがその絵に描き込んで欲しいとご希望の芸者や花魁を写生させていただきに参ります」

「あら、なべ先生が遊郭に行かれるなんて」

「仕事ですよ、仕事」

「どうだか。綺麗《きれい》な花魁を前にしたら、先生の鼻の下も伸びてしまうに違いないわ」

「それは伸びます。わたしも男ですからね、綺麗な女性の前ではだらしなくもなります」

「今は縮んでいらっしゃる。先生の鼻の下。どうせ小夜はおたふくでございます」

「ははは、お小夜さんがおたふくなら、弁天《べんてん》様だっておたふくだ。いやしかし、わたしの鼻の下の長さなんかどんなだっていいじゃないですか。わたしにとっては、吉原《よしわら》一の花魁よりもあなた方のほうが大事です」

なべ先生は、少し真顔になった。

「本当ですよ。わたしには、あなた方と過ごしたこの半年足らずの時が、何よりの宝なんです。それはね、あなた方の今、この時が、なにものにも代えられない素晴らしい時だからなんですよ。おなごが生まれて、素のままでいちばん美しい時、それが今なんです。その美しい時を一緒に過ごせた。あなた方と喋《しゃべ》って笑って、子供のように遊べた。わたしの一生の中でも、忘れがたい半年でした。もうじき、あなた方は芋虫が蝶《ちょう》になるように変わってしまいます。きっと今よりもっと綺麗に魅力的になる。けれど、今のその、素の美しさは少しずつ失われてしまう」

「もうすぐ、不細工になるってこと？」

「いえいえ違います。もっと美しくなるんです。けれどその美しさは、生まれたままの素とは違うものです。今のあなた方の輝きは、今だけのものです」

「だったらこれ以上歳を取らないように、死んでしまったほうがいいの？」

「とんでもない。そんなもったいないこと考えてはいけません。何かを失っても、失うことでもっと大きなものを得ることがあります。素の美しさが消えてしまっても、そこからが本当に、おなごとして美しく気高くなる段階なんです。お小夜さんもおやすさんも、それをうんと楽しんだらいい。自分が変わっていくことを、目一杯楽しんで生きてください。けれどわたしは、その変わってしまう前の、寸前のあなた方と半年過ごして、この目に、心に、思う存分あなた方の素の美を焼き付けました。これがわたしの、これからの絵師としての宝物になるんです」

「なんだか……もうお会いできないみたいなおっしゃりようね。もうこの品川には来てくださらないんですか」

「機会があれば、また来ます。わたしだって東海道《とうかいどう》を旅することもあるでしょうし。わたしの稼ぎでは百足屋さんに泊まることはできませんが、紅屋さんならなんとかなるかもしれない。しかしわたしも、そろそろ地に足をつけて絵師として生きて行かなくてはなりません。わたしの父は甲斐《かい》の姓を名乗っていたのですが、元々は河鍋《かわなべ》家の養子です。わたしには兄がおり、兄はおそらく父の姓を継ぐことになる。そしてわたしは、河鍋を継がなくてはならない。家名を継ぐ立場となれば、これまでのような風来坊ではいられません。なんとか絵筆で生計を立てなくては。しばらくは江戸に落ち着き、しっかりと絵を描きます」

「……どこぞの名家とご縁組なさるの？」

「さあ、どうなりますか。しかし武士の家とは言ってもさほど家柄が良いというわけではありませんから、そんな名家のお姫様はわたしの嫁になど来てくださらないでしょう。しかも甲斐性がありません」

それならお小夜さまをお貰いになればいいじゃないですか。百足屋さんならお金持ち、絵師様の後見くらいはお安いご用のはず。

喉元《のどもと》まで来た言葉を、やすは無理に吞《の》み込んで下を向いた。そのことはもう、お小夜さまの心内では終わったこと、そしてなべ先生も、それを望んではいない。おそらくお互いに好き合っているのに、一緒になったら幸せにはなれない、二人はそれを「知っている」のだ。

千吉さんと春太郎さんのような、命をも捨てようとする向こう見ずな恋もあれば、先生とお小夜さまのように、想いは伝わっていながら、何か起こる前に互いに身をひいてしまう恋もある。やすにはそれが、本当に不思議だった。

江戸の菓子はとても甘く、三人でのお喋りはとても楽しかった。と言ってもやすはほとんど聞き役だったけれど、たくさん笑った。

帰路につく頃には、秋の日はとっぷりと暮れていた。夕日を宿したような彼岸花《ひがんばな》でさえ、一番星の出た空の下では黒ずんで見えた。

もう、これでなべ先生とはお会いできないのかもしれない。そう思うと、涙がこぼれ落ちた。

❖

しばらくして、揚羽屋の大広間のお披露目に向けて描かれた浮世絵が売られるようになり、その一枚を番頭さんが買って来てみんなに見せてくれた。それは素晴らしい絵だった。見たこともないような立派な大座敷に、豪華な着物を着た美しい芸者や花魁たちが一堂に会して、踊ったりお酌をしたり笑ったりしている。一人一人細かく描かれていて、顔立ちもそれぞれに個性的、どれが誰だか遊び慣れている人ならばわかるのだろう。かんざしの一本一本まで、丁寧に詳細に描かれている。

やすは、春太郎の姿を探してみた。すぐに見つかった。ひときわ豪華で素晴らしい、金糸銀糸で飾られた打掛を着て、かんざしも花魁かと見間違えるほどたくさんさしている。大勢描かれた綺麗どころの中でも、なべ先生が特に春太郎さんの姿に惹《ひ》かれたのだ、とわかる。が、なぜか春太郎さんは、大広間の宴会には加わっていなかった。広間の廊下に立ち、宴会に背を向けていた。足元には白い猫。その白い猫に手を差し出して、じゃらして遊んでいるように見える。

やすには、なべ先生が何を描きたかったのか、がわかった気がした。なべ先生は、美しい女の人たちの外見《そとみ》を描きつつも、実はその中身、その女の人の心根をも描こうとしたのだ。酒席の騒ぎに背を向けて、遊びに来た猫をかまう春太郎さん。客におもねらず、したいようにする。それは決して褒《ほ》められたことではないのかもしれないが、そうして生きると春太郎さんは決めているのだ。

なべ先生はこの浮世絵が発売された頃に江戸に戻った。お別れの挨拶《あいさつ》はしなかった。けれどこうして、なべ先生の心には絵を通して触れることができる。これから先も、ずっと。それで充分。

神無月《かんなづき》に入り、朝晩は冷え込むようになった。井戸の水は真冬でも凍ることはなく、それどころか温かく感じることさえあるのだが、汲《く》み上げてたらいに移すと冷たい空気に触れてすぐに冷えてしまう。住み込みの奉公人の着物や下穿《したば》きを洗うのもやすの仕事で、暑い時季には水を使える仕事は楽しいが、今の季節からは苦痛を伴う辛い仕事になる。それでもまだ、真冬までは間があるので、あかぎれで痛い思いはしなくて済む。

洗い上げた物を干し竿《ざお》に引っ掛けて広げ、おひさまがよく当たるようにして、皺《しわ》を取るためにぱんぱんと叩《たた》く。いつの間にか空は高く青く、きんと冴えていた。冬の気配が日一日と強くなる。

神無月の神様は、出雲《いずも》の国に集まっているらしい。となると、この品川には今、神様がいないのだろうか。

その日は忙しく、紅屋は久しぶりに客で満室になっていた。夕餉《ゆうげ》が終わり、器を洗って片づけて、通いの奉公人たちもあらかた帰路についた亥《い》の刻《こく》になって、やすは昼に干した洗濯物を取り込んでいなかったことを思い出した。台所に残っていたのは政さんだけで、その政さんもすでに帰り支度を終えている。

「おやす、戸締りは頼めるな?」

「へい」

「おい、こんな時刻にどこに行くんだ」

「洗い物を干したままでした。すんません、取り込んで来ます。戸締りはしておきますから、どうぞお帰りください」

やすは裏庭に出て、竿から洗濯物を取り込み始めた。

初めは、足の裏に感じた微《かす》かな震動だった。

あれ、と思っている間に、どこからともなく、ゴゴゴゴゴ、という音が聞こえて来た。

あ、と思った瞬間、膝《ひざ》が崩れた。

どん、という音と共に、地面がぐらっと揺れた。

やすは膝を地面につけて這《は》いつくばったが、起き上がることができなかった。

グラグラグラッと、大きく地面が揺れた。

地震だ！

ものすごく、大きい！

恐怖で声が出なかった。ただ四つ這いになったままで、揺れに身を任せているしかない。だが地面に突っ張った腕が揺れのせいで外れ、やすの体はそのまま地面を転がった。

痛い！

背中を何かに強くぶつけたが、その背中に手を回すことすらできずにまた転がって、今度は膝を激しくぶつけ、痛みで気が遠くなった。

死ぬんだ。

このまま、ここで死ぬんだ。

だめ、死にたくない！

何かにつかまらないと。なんでもいい、地震でも動かないような何かに。

無我夢中で指先が触れたものにしがみついた。冷たくて硬い。これは石だ。そうだ、いつも腰掛けて松林を見ていた、あの平らな石。

やすは必死で石を抱きかかえるようにして体を固定した。だが、その石ですらずっと動いていることに気づいて、恐怖のあまり泣き出してしまった。永遠に続くかと思うほど長く感じた激しい揺れが収まった時、やすは石を抱いたままで大泣きしていた。

「大丈夫か、おやす！」

政さんの声。

やすは反射的に政さんの胸に飛び込み、声を上げて泣いた。

安政《あんせい》江戸大地震の夜だった。

❖

「おい、急げ！　みんな腹減らしてるんだ。こういう時に腹が減ってると、惨《みじ》めな気持ちが倍になる。腹に何か入って満たされれば、それだけで生きようって気になるもんだ」

政さんの叱咤《しった》で、皆の手の動きが早くなる。ありったけの米に、量を増やす為《ため》にひえだのあわだの混ぜて炊いた飯で、梅干しやら佃煮《つくだに》やら、保存しておいたものをくるんで握り飯を作る。まっ白な米を夕餉にまで炊きたてで出すのが紅屋の矜持《きょうじ》、奉公人の食事ならいざしらず、よそ様の口に入る飯に雑穀を混ぜるのには、政さんだけでなくお勝手で働く者みな、心が痛かった。けれど、今はとにかく一個でも多くの握り飯を作り、一人でも多くの人に食べて貰うことのほうが大事だと、番頭さんが決めた。その代わり、雑穀米の握り飯でもこんなに美味《うま》いのか、と皆が驚くようなものを作る、と政さんが張り切った。

上方から取り寄せた上等な昆布《こんぶ》を一緒に炊いて、もち米も少し混ぜることで、旨味《うまみ》が増して粘り気も出た。梅干しは食べやすいようにいちいち種を取り、佃煮もたっぷりとおごる。

「あんまりでかく握るんじゃねえよ。腹は減ってても、家や財を失って気力がなくなってるもんにとっては、でか過ぎる握り飯にかぶりつくのは難儀だろう。手頃な小ぶりの握り飯を一個食えば、もう一つ、もう一つと手が伸びて元気も出て来る。何事も一歩ずつ、ちょっとずつでも前に進めれば明日を生きる気持ちになれる」

紅屋の建物は幸いなことに、ほとんど損傷なく済んだ。お江戸でも東のほうがひどいことになっているようで、品川宿あたりはだいぶましだ。それでも屋根瓦《やねがわら》が落ちたり柱が傾いた宿があるし、あの揚羽屋がせっかくお披露目したばかりの自慢の大広間も、壁が崩れて使えなくなったという噂がある。

地震から十日、江戸で家を失って、親類縁者を頼って東海道を西に向かう人々が、毎日品川に押し寄せているが、多くは無一文で宿代もなく、湊《みなと》の近くにむしろを立てただけの避難小屋に身を寄せていた。高輪《たかなわ》の大木戸では、避難する人が多過ぎてお調べが出来ず、手形無しでも通れる状態らしい。

紅屋は宿賃を半額にし、それにも路銀が足りないという人たちも、広間に雑魚《ざこ》寝で泊めている。その代わり食事は握り飯に味噌汁《みそしる》だけ、避難小屋への炊き出しと同じものを出している。

「塩もみした青菜を飯に混ぜたのも握るんだ。青いもんも食わねえと、お通じが来なくなっちまうからなあ」

なんでもかんでも、どんどん握る。紅屋の台所は、じきにすっからかんになってしまうだろう。けれど大旦那《おおだんな》様も番頭さんも、出し惜しみするな、こういう時だからこそ、苦しい思いをしてる人たちにちょっとでもいい思いをしていただくんだ、と言う。

握り飯ができると、交代で避難小屋まで運んで行く。やすも勘平も、風呂敷《ふろしき》に、竹皮に包んだ握り飯をぎっしり包んで背負い、毎日避難小屋まで駆けていた。

「あんちゃーん！」

避難小屋のむしろの下で、質素な着物を着て袖《そで》にたすきをかけたお小夜さまが手を振っている。髪は手ぬぐいで覆い、真っ白な前掛けをしめている。まるで奉公人のようだったが、抜けるように白い手、姿勢の良い立ち姿、質素とはいえ高価な紬《つむぎ》の着物などから、育ちの良いどこぞのお嬢様だということは見て取れる。

「ご苦労さま。紅屋の握り飯は美味しいって、みんな首を長くして待ってるのよ」

お小夜さまは、人前でも時折やすのことを、あん、と呼んだ。それを耳にすると恥ずかしくて頬が赤くなるが、同時に、少し嬉《うれ》しい気持ちにもなった。

お小夜さまは地震のあと、亡き母上様が頼りにしていた蘭方医《らんぽうい》に手紙を出して百足屋に呼び寄せた。既に引退して小田原《おだわら》で隠居の身だったその蘭方医は、百足屋に滞在して、江戸から避難して来た人々の怪我《けが》の手当てをし、お小夜さまはそれを手伝っている。治療代もすべて百足屋が払い、怪我が酷《ひど》くて動かせない人は座敷に寝かせている。巷《ちまた》ではまだ漢方医のほうが信頼されているが、怪我の治療は蘭方医の人気が高い。

治療を終えた人たちを避難小屋までおくって来るのもお小夜さまの仕事だ。そして握り飯を届けに来たやすと、一日に一度、ほんの半刻、おしゃべりをして過ごす。

「ねえねえ、すごい話を聞いたのよ!」

お小夜さまは頬をほんのりと紅に染めていた。嬉しくて仕方ない、といった風に。

「今朝品川に着いた、吉原で働いていたおばあさんから聞いたんだけど、河鍋先生の絵が、江戸で大評判になっているんですって!」

「浮世絵ですか!」

「ううん、違うの。なまずの絵」

「なまず?」

お小夜さまが笑った。

「そうなの。今度の地震で吉原の妓楼もたくさん潰《つぶ》れたんですって。でも仮小屋を建てて商売を始めたらしくて、花魁も無事でしたので遊びにいらしてください、って世間に知らせようって、そういう絵を刷って配ったんですって。その絵がとっても面白いらしくて、遊郭のお客がなまずの旦那なんですって！」

「それを先生が」

「そうなの。地震を起こしたおなまず様も、吉原にはお越しになりますよ、なんて、先生らしいと思わない？　もっとも絵の題材は戯文らしいから、先生がお考えになったことじゃないのかもしれないけれど。でもなんでもいいわよね、先生の絵が評判になるのなら」

　その通りです。なんでもいいです。

　先生がご無事でいらしてくださっただけで、他のことはどうでもいいです。

　今度の大地震はとても怖かったけれど、幸い、わたしの好きな人、大事な人はみんな無事でした。神無月なのに、神様はいらしてくださった。やすは心の中で手を合わせた。

　ありがとうございます。

　ありがとうございます。

そして大勢の、家を失った人たち。けれど命があったのだから、いつかまた笑顔になれる日がきっと来る。その人たちの為に働くことは、無事でいられたことへの感謝なのだとやすは思う。

「わたしね、なんだか、やればできそうな気がしているの」

お小夜さまが、額の汗を手の甲で拭《ぬぐ》って微笑《ほほえ》んだ。

「女の身で蘭方医になる、そんな大それた夢も、こうして働いているといつか叶うんじゃないか、そう思えるのよ。わたしたち、もしかすると、運がいいのかもしれない。夢が叶えられるような世の中に生まれた、それって素敵なことよね」

やすはうなずいた。わたしの夢も、叶う日が来るだろうか。

きっと来る、と、今は思いたい。

この作品は、月刊「ランティエ」二〇一九年二月号〜九月号までの掲載分に加筆・修正したものです。

時代小説文庫

し 4-3

お勝手《かつて》のあん

著者　柴田《しばた》よしき

2019年 12月18日第一刷発行

発行者　角川春樹

発行所　株式会社 角川春樹事務所

〒102-0074 東京都千代田区九段南2-1-30 イタリア文化会館

電話　03(3263)5247[編集]　03(3263)5881[営業]

印刷・製本　中央精版印刷株式会社

フォーマット・デザイン&シンボルマーク　芦澤泰偉

ISBN978-4-7584-4307-4 C0193

http://www.kadokawaharuki.co.jp/[営業]

fanmail@kadokawaharuki.co.jp[編集]　ご意見・ご感想をお寄せください。